布丁里的银纽扣

中国当代故事文学读本系列三

15 言情伦理系列

上海故事会文化传媒有限公司

图书在版编目（CIP）数据

布丁里的银纽扣 / 故事会编辑部编. -- 上海 : 上海锦绣文章出版社，2014.8

（中国当代故事文学读本）

ISBN 978-7-5452-1543-4

Ⅰ. ①布… Ⅱ. ①故… Ⅲ. ①故事-作品集-中国-当代 Ⅳ. ①I247.8

中国版本图书馆CIP数据核字(2014)第158974号

责任编辑：周奥扬

装帧设计：周艳梅

责任督印：张 凯

书　　名：布丁里的银纽扣

著　　者：《故事会》编辑部编

出　　版：世纪出版集团 上海锦绣文章出版社

出　　品：上海故事会文化传媒有限公司

（200020 上海市绍兴路74号 www.storychina.cn）

发　　行：世纪出版股份有限公司发行中心

印　　刷：上海商务联西印刷有限公司

开　　本：787×1092 1/32 印张8

版　　次：2014年8月第1版 2014年8月第1次印刷

书　　号：ISBN 978-7-5452-1543-4/I·595

定　　价：15.00元

编者的话

一、中华民族自古以来便有讲故事的传统。五千年的文明绵延不断，五千年的故事口耳相传，故事成为中华民族弥足珍贵的精神财富。

二、创刊于1963年的《故事会》杂志是一本以发表当代故事为主的通俗性文学读物。50年来，这本杂志得风气之先，发表了一大批脍炙人口的优秀作品，许多作品一经发表便不胫而走、踏石留印，故而又有中国当代故事“简写本”之称。

三、50年来，这本杂志眼睛向下、情趣向上，传达的是中华民族最核心、最基本的价值观。

四、为让读者在最短的时间内阅读最大面积的精品力作，同时也为纪念《故事会》杂志创刊50周年，故事会编辑部特组织出版《中国当代故事文学读本》丛书。

五、丛书共分六个板块：悬念推理系列、幽默讽刺系列、惊悚恐怖系列、言情伦理系列、古今传奇系列、社会写真系列。并按系列逐年推出若干部作品集。

六、古人云：登东山而小鲁，登泰山而小天下。对于喜欢故事的读者来说，本丛书的创意编辑将带来超凡脱俗的阅读体验。

《故事会》编辑部

目录
Contents

目录
Contents

至真·纯情

z h i z h e n   c h u n q i n g

当你的心中有爱时，才会看到真正的美。

玫瑰之约

郭勇是市二医院口腔科的医生，家不在本地，是个单身汉。他自己也不想这么孤孤单单地过日子，可也不愿意别人给他介绍对象，他嫌那样没有情调。最好呀，哪天让他自个儿碰上一个。

情人节那天下午，郭勇刚送走一个病人，寻呼机响了，一看，是让给总台回电话。他拨通电话报出密码后，听筒里传来一个温柔的声音：“云小姐留言，请您明天晚上七点钟到滨江公园纪念碑下，如果再不见她，她就要告别您和这个世界。另外，请别忘记了带上她最爱的黄玫瑰。”

郭勇愣了一下，立即明白了，赶紧说：“小姐，你肯定呼错了，我从不认识什么云小姐。”

“啊，真的？”寻呼小姐的声音慌乱了起来，“那，那怎么办呢，这么重要的事儿！”

郭勇忙说：“别着急，想想到底是什么号码。”

可对方的声音变了调，似乎要哭出来了：“我真的不记得了，万一……要是出了人命……”

郭勇听到她这么着急，赶紧说：“这样吧，明天我就去一趟，给人家当面说清楚不就没事了。”

第二天，郭勇匆匆吃过晚饭就直奔花店，他知道，没有黄玫瑰这个标志，是很难找到云小姐的，更别说让她相信自己。可他从没买过花，也不知该买多少，花店的老板很善解人意地说：“买九朵吧，天长地久。”听了这话，郭勇的脸一红，边掏钱边想：真没想到，第一次买花，竟然要送给不认识的人。

七点差十分，郭勇就到了公园，刚走到纪念碑下，就有一个姑娘跑到他面前，小心翼翼地问：“请问——是郭先生吗？”

“是的，你是——”郭勇打量着她，姑娘二十来岁，人长得挺漂亮，戴着黄色的绒线帽和围巾，看起来倒很像一朵黄玫瑰。她神情紧张，说话声音很轻：“我是寻呼台的，昨天……”

郭勇笑了：“是你呀，你也跑来了，坐下一块儿等吧。”

他俩坐在纪念碑下的长凳上，中间放着那束花，谁也不说话，只管死死盯着被路灯照亮的路面。半个小时过去了，女主角还没有出现。就在这时，一个十一二岁的男孩骑着一辆自行车，停在了他们面前，伸手递给郭勇一张纸条，说：“一位小姐让我到这儿，把这个交给拿玫瑰花的先生。”

郭勇立即站了起来，说：“她人呢？”

小男孩气喘吁吁地说：“不知道，我不认识她，只是帮帮忙！”说完一溜烟骑走了。

他们俩赶紧打开纸条，只见上面写着："洪灏：对不起，今晚妈妈又发病了，我得照顾她，你还是把花送给你夫人吧。等明天见面再说。"

郭勇恍然大悟："弄了半天，这两个人是在搞婚外恋呀，真缺德。"

姑娘说："可是不管怎样，我不愿意因为我的过错弄出人命来。"

郭勇忙说："那我明天还来，你放心好了。"姑娘开心地笑了。

走出公园时，姑娘问："为什么那个云不发传呼呢？"

"也许她家没电话，她妈妈病了，不方便出门找公用电话。"郭勇说完，突然把手中的花递给了那姑娘，说，"我拿着花不像样，送给你吧。"

姑娘大方地接住了，这时他们才想起来互相认识一下，姑娘叫丁萱。

第二天，郭勇又去花店买花，花店老板说："你女朋友很喜欢黄玫瑰呀！"

"是啊。"郭勇随口说着，却想到了丁萱。

可这一天，那个神秘又可恶的云又失约了，这次连个送信的都没有了。那天郭勇送丁萱回家，一路上，他们聊得很投机。在丁萱家门口，郭勇又把花送给了她，他们约好了明天去等最后一天。

第三天，郭勇觉得自己不是为了什么叫云的人去的，丁萱闯进了郭勇的心，那个云像一缕烟一样消失在空气里。

丁萱说："也许，她想通了，不再充当第三者了；也许，她真找个地方自杀了；也许呢，她发了一次传呼，两个人换了个暖和一点的地方见面。不管怎么样，根本没有人知道有两个傻瓜在这里等她的'玫瑰之约'！"说完，她和郭勇都笑了起来。

一年后，郭勇和丁萱结婚了。在婚礼上，郭勇的铁哥们儿冯医生拍着郭勇的肩膀说："我老婆是丁萱的同事。"

郭勇以为他喝多了，说："你小子醉了吧，这事我不是早就知道了？"

冯医生神秘兮兮地说："你小子才醉了呢，没有我你能抱得美人归？我老婆知道你不喜欢人家给你介绍对象，就想出了这个点子，她想办法打电话让丁萱接了，然后报了你的寻呼号……知道吗，刚开始那几天，可把我们两个忙坏了，连那个黄玫瑰也是丁萱喜欢的。嘿，没想到还真成了！"

郭勇和丁萱都愣了一下，可随即又笑了起来，郭勇深情地看着丁萱说："这样还是很浪漫呀！"

（张　煜）

（题图：黄全昌）

野丁香与愣头青

一天傍晚，狄青正在城外“立新铁匠铺”里“叮叮当当”地打马掌，从外面风风火火走进来一位秀丽俊俏的大姑娘。这姑娘是靠山庄叶老汉的小女儿叶丁香，心直口快泼辣豪爽，人们都管她叫“野丁香”。

前些日子，县文化馆组织举办秧歌会，野丁香扭来扭去，偏偏爱上了打鼓的狄铁匠。

狄青一见野丁香来了，心里特别高兴，赶紧扔下家伙解开围裙：“丁香，你怎么好几天没来啦？咱们俩的事儿，跟你爹商量了吗？”

“唉，别提了！我爹一听说你被判过刑，是个打架不要命的愣头青，说什么也不同意。”

“我现在早已改邪归正了。”

“我爹不相信，他说：江山易改秉性难移，是狗改不了吃屎！”

“这……这可怎么办哪?”

“后来，我连哭带闹，假装要投河上吊，吓得爹没办法，总算勉强答应了。不过，爹还说，把我拉扯这么大不容易，非得叫你拿一万块钱彩礼!”

“啊!”狄青一听就傻了，暗说：我的爹呀! 这铁匠铺开张不到半年，总共才赚了两千多块钱；您开口就要一万，这不是成心逼人吗!

野丁香见他愁眉苦脸不吱声，埋怨说：“瞧你这副受罪样儿，没有钱就别搞对象!”一跺脚，赌气走了。

工夫不大，有位农村妇女来买镰刀:“同志，这镰刀多少钱一把呀?”

狄青意乱心烦，脑子里正琢磨彩礼钱，顺嘴说道：“一万!”

那女人听了一愣，“啪嚓!”把镰刀扔到案子上：“我说你穷疯啦? 这是金打的，还是银铸的呀?”

狄青当时一激灵，知道自己说错了，连忙赔笑：“嘿嘿……我刚才没跟您说话，自个儿心里算账哪，这镰刀两块三毛钱一把，既便宜又好使!”说着亲自帮她挑选了一把，“您看这把行吗?”

那女人接过来看了看，从怀里掏出钱包，交完钱匆忙走了。

狄青见天色不早，准备拾掇东西回家。忽然，他发现案子底下有一个绿色绣花钱包，猫腰捡起来打开一看：里面有五百元现金，一张八千元的存款单。

嗬! 狄青乐得眉开眼笑，心里“怦怦”乱跳：这真是老天爷饿不死瞎眼雀儿。财神爷知道我缺钱，就打发财神奶奶赶紧给送上门来啦! 想到这儿，心里不禁“扑腾”翻了个个儿:哎呀! 那位大姐丢了这么多钱，回家不得急得火上房啊? 狄青呀狄青，你嘴上说改邪归正，怎么又想发横财呀? 转念又一想：如果不昧下这八千，上哪儿凑一万去呀?……他翻来覆去寻思半天，觉得还是应该把钱还给那位妇女！

夜幕降临，窗外一片漆黑。狄青坐在铁匠铺里，肚子饿得“咕噜噜”乱叫。抬起胳膊看看手表：差十分到八点。我的大姐哟，您怎么还不来呀？

话音未落，“啪”，那位农村妇女推门闯了进来，焦急地问：“师傅，我的钱包丢了！里边有五百块钱和一张存款单！”

“大姐别着急，我在这儿等您半天了。”

那女人接过钱包，从里面抽出来一百块钱：“大兄弟，谢谢你！这是我的一点儿心意，你拿去买条烟抽，打瓶酒喝吧！”

“嗐，咱们可不兴弄这个！学习雷锋见行动，拾金不昧树新风嘛。您快把钱装起来吧！”

“那好，这钱我先留着，等你啥时结婚，咱们再一块儿算！”她说完，出门骑上车，一拐弯就没影儿了。

狄青心里想：别净拣好听的说了，等结婚那天，我哪有工夫找你去呀！他关好窗，锁上门，推起自行车刚想走，就听远处有人高喊：“救命啊！快来人哪！”

狄青大吃一惊，听声音好像是丢钱包那个女人。他毫不犹豫，拔腿就朝呼救的方向奔去。

借着朦胧的月色，只见道边上扔着一辆自行车：“大姐……”狄青喊了几声，也没人答应。突然，他发现旁边高粱地里似乎有什么响动，急忙钻进去一看：啊！一个虎背熊腰的蒙面大汉把那女人摁在地上，两个人正拼命厮打。狄青蹑手蹑脚绕到背后，“嗨！”左手一揪蒙面人的脖领子，“啪！”右手对着他的脸上猛揍了一拳。

“哎哟！”蒙面人惨叫一声，爬起来撒腿就跑。“站住！”狄青在后边紧追不舍。“扑通！”他脚下不知被什么东西绊了一下，结果把蒙面人给放跑了。

狄青拍拍身上的泥土，顺着原路返回来关心地问："大姐，怎么样？您起来快回去吧！"

那女人惊魂未定，央求道："我害怕，你送我回家行吗？"

狄青一想：俗话说救人救到底，那就只好辛苦一趟吧。两人骑上自行车，黑灯瞎火蹬了好长时间，才到了她那个村子。那女人在一幢新盖的小楼前跳下车："大兄弟，进屋喝口水吧！"

狄青心说：到现在我还没吃饭，你咋不说给我煮几个鸡蛋哪？虽然心里这么想，嘴上却客气地说："大姐，深更半夜的，我就不打扰了。"

"嘭！"黑暗中突然伸过来一只大手，牢牢地抓住了他的胳膊。"小伙子呵，你给我进来吧！"

狄青扭头一看：原来是一位慈眉善目、年过花甲的老汉。

"老大爷，我……"

"嗐，都到家门口了，哪能让你走哇！"

狄青确实有点筋疲力尽，又饥又渴，心想：不然就先进去歇一会儿。他放下车子，便跟着老汉进了小楼。

那老汉推开走廊里的一间房门："请进！"狄青抬腿刚迈进门坎儿，"咔叭"一声，老汉就在外头把门给反锁上了。

狄青仔细打量一下四周，里面是一个家用洗澡间：水磨石地面光滑平坦，周围墙壁镶嵌着白瓷砖，浴盆里放满清水冒热气，旁边挂着一套西服白衬衫。狄青看罢，心中暗想：恭敬不如从命，既然人家这么热情，我还客气啥呀？他立刻脱掉衣服，"稀里哗啦"洗完澡，浑身顿时感到特别轻松。再换上那套洁净笔挺的西装，愈发显得潇洒漂亮。

这时候，老汉打开房门，领他来到客厅："小伙子呵，请坐！你叫什么名字啊？”

“狄青。”

“今年多大啦？”

“二十八。”

“搞对象了吗？”

“唉，不瞒您说，前些日子交了一个女朋友，我们俩本来处得很好，没想到她爹竟跟着瞎掺和！”

“为啥呀？”

“我有前科，被判过两年徒刑。”

“噢，那人家还能乐意？”

“大爷，您不知道，通过劳动改造，我已经脱胎换骨，重新做人了。她爹凭什么看不起我？还让闺女捎信说，管我要一万块钱彩礼！您说这不是讹人吗？”

“这个……”老汉沉吟片刻，立即打开组合柜的抽屉，从里边取出一叠厚厚的人民币，“小伙子呵，别犯愁，这一万块钱我掏啦！”

“哎，大爷，咱们俩素不相识，怎么能让您……”

“嗐，你快拿着吧！刚才大闺女都跟我说了，夸你拾金不昧，勇斗歹徒，我老汉打心眼儿里佩服！这一万块钱算啥？只当我给你的见面礼！你眼瞅扔下二十奔三十，搞个对象也不容易，就别跟我装假，快给人家送去吧！”

狄青慌忙推辞说：“大爷，您的这番好意，我领情道谢！但是，这些年农村富裕了，她们家根本不缺钱。就是明天把钱送去了，他爹也不会愿意把闺女嫁给我。”

“嗯……那好，她爹不愿意我愿意，老汉把小闺女嫁给你！”

“啊！”狄青一听，简直惊呆了，连连摆手说，“哎呀，这可不行！”

老汉刷地沉下脸说：“怎么？是嫌我们家穷？还是怕我闺女丑？究竟为什么不乐意？”

“大爷，您老人家千万别误会。我觉得做人得讲情义，那姑娘对我不错，我不能这山望着那山高，一脚踩两只船哪！”

“小伙子呵，我实话告诉你：我那宝贝闺女又漂亮又能干，不管在城里乡下，追她的小伙子可多了，都得拿鞭子赶！”

“大爷，别说了，我活该没这个福气。您家里就是有金山，闺女长得像天仙，狄青决不眼馋，说啥也不干那种损人利己的缺德事儿！”

老汉听了，心里暗挑大拇指：真是好样的啊，有志气！他手捻胡须，微微一笑，冲门外高声喊道：“小香，出来送客！”

“我不让他走！”野丁香“噌”地冲进来，用身体挡住了狄青的去路。

“啊？原来是你！”狄青望着自己热恋的姑娘，不禁惊喜若狂。

野丁香笑着介绍说：“这是我爹，买镰刀那个是我姐……”

“哎哟，还有我哪！”一位中年壮汉捂着眼睛走到野丁香跟前，“哼！为了你搞对象，我差点被打瞎了一只眼睛！”

狄青莫明其妙地问：“这位是……”

野丁香咯咯直笑：“他就是我姐夫！你们俩在高粱地里……”

狄青恍然大悟：“哎呀，你们原来是两口子啊！大姐夫，实在对不起！”

“唉，这都是丁香的馊主意！”

野丁香粗脖红脸地争辩说：“哎，我说你怎么混不讲理呀？谁叫爹和你们两口子，不相信狄青能改邪归正哪？活该！”

叶老汉忍不住哈哈大笑：“丁香，快别逗了，上厨房和你姐姐把酒菜端上来，我跟你姐夫和狄青一起痛痛快快喝几盅！”

这正是：

浪子回头金不换，狄青仗义闯三关，

丁香巧设连环计，喜结良缘到处传。

（艺　杰　洪　音）

（题图：张恩卫）

十块钱去哪儿了

下岗女工吴秀华，街坊邻里都叫她“吴嫂”。这天傍晚，她外出求职归来，顺路到学校接了儿子小明，一起回家。

母子俩拐过一条小巷时，小明蹦蹦跳跳地往前跑了。吴嫂跟在后边，走着走着，忽然，定神一看：哟，前面不远的地方蹲着一个盲童，年纪跟儿子差不多，也是十来岁，只见他俯着身子，双手颤抖着，贴着地面艰难地摸来摸去……

吴嫂觉得奇怪，上前问道：“孩子，你这是……找啥？”

盲童仰起头，说：“我、我在找钱，十块钱。”

吴嫂细细一问，这才明白：盲童帮隔壁的一位五保户买止咳药，走到这儿，一不小心将五保户给的十块钱弄丢了。盲童的一双眼珠子骨碌碌地转，一脸焦急，他恳求吴嫂："阿姨，我实在找不到，请您帮我找一找，行不？"

偏偏这时，小明在前面大声催促道："妈，快走啊！"

吴嫂看了看儿子，心里一怔，突然低下头揉起眼睛来，喊道："小明，快过来！妈的眼睛里吹进了沙子，看不清楚，你帮这位小朋友找找十块钱……"

小明很不情愿地走了回来，嘴里嘟嘟哝哝着："就你爱多管闲事！"他双手插在裤袋里，走马观花地胡乱转了转，便说："没有，恐怕早就被风吹走了……妈，走吧，我肚子饿了！"吴嫂要他再仔细找找，小明一脸不耐烦，叫道："没有没有，再找也没有！妈，你不走我走！"

盲童听了，勉强挤出一丝笑容，说："阿姨，你们有事就不麻烦了，我自己慢慢摸。"看得出，他的笑容是勉强的，笑容背后是深深的失望。

吴嫂在原地走了几步，突然发出一声欢叫："嗨，钱在这儿！"说着，她拿着一张十元纸币，塞到盲童手里。

与此同时，小明一愣，失声惊叫："妈，你——"因为小明清清楚楚地看到：这十元钞票，不是妈从地上捡的，而是从她口袋里掏出来的！

盲童喜出望外地接过了钱，谁知他摸了摸纸币，失声叫道："阿姨，这钱不是我的！我的是旧票，这张是新票。"

吴嫂听了，心里一颤，她又看了儿子一眼，对盲童说："你虽然看不见，但心里比有眼睛的人还亮堂。这是阿姨送你的，拿着！"

盲童连声道谢，却说什么也不要："阿姨，我不能白要别人的钱……"

没想到这时小明却主动开了口："妈，再帮他找找，兴许能找到……我们两人分头找！"

母子俩分头寻找，小明很快惊喜地叫了起来："哇，找到啦！钱被一片树叶遮住了……嗨，这该死的树叶！"小明如释重负，轻松地喘了一口气，将一张十元纸币递给了盲童。

盲童仔细摸了摸纸币，高兴地连声喊着："是我的，是我的，十块，旧票！"说完连声道谢，然后就摸索着走了。

母子俩继续往前走。小明不再蹦蹦跳跳了，耷拉着脑袋，磨磨蹭蹭地走在后面，默不作声，几次欲言又止。快到家了，小明快步追了上来，眼眶里泪光盈盈："妈，那十块钱是我先捡的，我想你在家旦待岗，缺钱用，反正他是瞎子看不见……"

吴嫂开怀大笑，听了儿子这几句话，比什么都开心："儿子，别说了。其实，妈的眼睛里并没有吹进沙子，我全看见了。妈相信你会主动改正错误……你要是拿了那十块钱，妈就是真正的穷人了，连儿子也没有啦！"

母子俩手拉着手，拉得很紧很紧……

（吴　天）

（题图：刘斌昆）

跟你学做人

司机纪良一早去送货，经过一个小村，看见一位拄着拐杖的白胡子老人正要横穿公路。他鸣了声喇叭，让那老人停步，老人大概没有听到，低着头还是往前走。纪良赶紧刹车，车紧贴着老人停了下来。但不知是老人受了惊吓，还是车碰了老人的拐杖，只见他身子摇晃了一下，一歪便倒在地上。

纪良吓坏了，急忙下车扶起老人，又拾起拐杖交到他手中，见老人手摔伤了，纪良便关切地说：“大爷，那边有个卫生所，我扶你去擦点药吧。”

老人看了纪良一眼，勉强笑了笑说：“擦破一点皮，没事的……你快走吧，别耽误了事。”老人说完话，捂着胸口弯下了腰。

纪良见老人的表情十分痛苦，忙扶住他，坚持要送他去卫生所，老人连连摇头："老毛病了，一会儿就不痛了。"他停停，又说，"村里的卫生所，熟门熟路的，我自己能去，你快走吧。"

纪良看了看手表，说："大爷，车上这些货，按合同今天中午必须送到，我送货回来再来看你好吗？"

老人急忙说："不，不，刚才的事不怨你。快走吧，别误了公事。"

纪良扶着老人走到路边，说："我卸了货就来看您。"说完就跳上车，急急忙忙地走了。

纪良到达目的地卸下了货，又在商店买了点老人家爱吃的东西，便匆匆往回赶。回到这个小村，天已近黄昏，他把车停在路边，就到卫生所去打听老人的住处。

天下巧事多，想不到这卫生所的大夫竟是纪良高中时的农村同学，叫李峰，两人一见面都挺高兴，寒暄了几句，纪良便问起早上发生的事，又向李峰打听老人的住处。没想到李峰一听，又是摇头又是摆手："你别自寻烦恼了，这户人家你不能去。"

原来那位老人是李峰的同族叔叔，患心脏病多年了，经常来卫生所拿药。今天上午他来卫生所，让李峰在手上擦了点红药水，说是在公路上摔倒了，险些被车轧死。他走后李峰也没在意，不料老人下午突然发病去世。老人的儿子是村里有名的"惹不起"，孙子更是"横"得出名，村里人都怕他们，纪良去这样的人家，实在是凶多吉少！

李峰劝纪良开车快走，纪良却觉得老人虽然是自己摔倒的，但总和他的车有点关系，如今老人去世了，不去看看，良心上实在过不去。他把这意思一说，李峰着急地说："你去他家，他儿子、孙子准赖你撞了老人，不仅会揍你一顿，还会讹你的钱。"

纪良听罢，苦笑了一下，说："我这么壮实，挨几下打没啥，赖我讹我也不怕，国家有法律，再说，还有你这位医生当证明人嘛！”

李峰还要劝，纪良说：“伙计，别说了，今天要是不去吊这个孝，我这辈子是不会心安的！”

李峰叹了口气，说：“难得你有这份好心，我陪你去吧！”

李峰领着纪良来到了老人的家，只见老人的尸体停放在堂屋中间，一家人都围坐着。纪良一见尸体，立即跪倒在堂屋门外。李峰走进屋，刚和他家的人说了几句，老人的孙子立刻怒气冲冲地冲出门来，一把揪起纪良，当胸揍了两拳。李峰见纪良挨了打，忙跑出门来，一把拉住老人孙子的胳膊，刚要说话，不料脸上也被重重打了一巴掌。老人的孙子骂道：“这小子撞死我爷爷，你还敢领他来我家，老子饶不了你！”

他一边骂着，一边举起拳头还要打，这时，一位老太太从屋里走出来，哭喊着说：“你这混账的东西，爷爷的话你不听了？”老太太说着，又向里边喊道，“你们两口子快出来，不听你爹的话，我也不活了！”她说着就将脑袋往墙上撞。

纪良见老太太要寻死，猛地挣脱出来，双手拉住老人。这时候，老人的儿子和媳妇也哭着走出屋来，跪在老太太面前。老太太慢慢地转过身，拉起纪良的手，说：“孩子，让你受委屈了……”她抹了一把泪，说，“老头子故世前说了在路上摔倒的事，他说如今司机开车出了事，恨不得找理由把责任全推干净，可今天的事不怨你……他嘱咐说，你要是真的来了，你就是个难得的好心人，他求你答应一件事……”

纪良这时也伤心得眼泪汪汪了，他问：“什么事？”

老太太抽噎着说：“他让俺把这个管不好的孙子交给你，请你收他当个徒弟。”她见纪良不说话，又走上一步，说，“老头子故世前千叮咛万嘱咐，让孙子跟着你学开车、学做人……孩子，你不会驳他的面子吧？”

老太太的话刚说完，她的儿子走了过来，对纪良说："兄弟，俺爹临终前的话触动了我的心，我是个混人，儿子从小跟我学坏了，求你帮帮我，别让孩子再混下去了。"说罢，回身拉着儿子走上前来，按着他的肩，父子俩双双跪倒在纪良面前。

纪良的眼泪再也忍不住了，他"扑通"跪倒在老人的尸体前，放声大哭起来……

（尹洪林）

（题图：魏忠善）

一碗牛肉面

读大学的那几年，我课余一直在姨妈的饭店里打工。不为生计，只是为了磨炼一下自己。

那是一个春寒料峭的黄昏，饭店里来了一对特别的父子。说他们特别，是因为那个父亲是个盲人。他的脸上密布着重重皱纹，一双灰白无神的眼睛茫然地直视着前方。他身边的男孩小心地搀扶着他，男孩看上去才二十来岁，衣着朴素得近乎寒酸，身上却有着一份沉静的书卷气，想来还是个正在求学的学生。

男孩把老人搀到一张离我的收银台很近的桌子旁坐下。“爸，您先坐着，我去开票。”说着，他放下手中的东西，来到了我的面前。

“两碗牛肉面。”他大声地说。我正要低头开票，他忽然又面带窘迫地朝我用力摆了摆手。我诧异地抬起头，他朝我充满歉意地笑笑，然后指着我身后的价目表，用手势告诉我，要一碗牛肉面，一碗葱油面。

我先是一证，接着便恍然大悟，明白了他的用意，他叫两碗牛肉面是给他父亲听的。我会意地冲他一笑，开出了票，他的脸上顿时露出感激的神色。

厨房很快就端来了两碗热气腾腾的面。男孩小心地把那碗牛肉面移到他父亲面前，细心地招呼着："爸，面来了，您小心烫。"自己则端过了那碗光面。

那老人却并不急着吃面，只是摸摸索索地用筷子在碗里探来探去。好容易夹住了一块牛肉，却忙不迭地用手去摸到了儿子的碗，把肉往儿子碗里夹。

"吃，你多吃点。"老人一双眼睛虽然无神，脸上的皱纹间却满是温和的笑意。在一旁的我也不由地被这张笑脸吸引住了视线。

让我感到奇怪的是，那个男孩并不阻止父亲的行为，而是默不作声地接受了父亲夹来的肉片，然后再悄无声息地把肉片夹回到父亲的碗中。

"这个饭店真厚道，面条里有这么多肉。"老人心满意足地感叹着。

一旁的我却一阵汗颜，因为我们饭店一贯唯利是图，面里其实只有几片薄如蝉翼的牛肉。

那个男孩这时趁机接话："爸，你也快吃吧，我的碗里都装不下了。"

"好、好，你也快吃。"老人终于低下了头，夹起了一片牛肉，放进嘴里慢慢咀嚼起来。男孩微微一笑，这才大口吃着他那碗只有几点油星的光面。

姨妈不知什么时候也站到了我的身边，静静地望着这对父子。这时，厨房的小张端来了一盘干切牛肉，她用疑惑的眼神看着姨妈，姨妈努嘴示意，让小张把盘子放在那对父子的桌上。

那个男孩抬头环视了一下，见自己这一桌并无其他顾客，忙轻声提醒："你放错了吧？我们没有叫牛肉。"

姨妈走了过去："没错，今天是我们开业年庆，牛肉是我们赠送的。"

我一听这话，忙心虚地左顾右盼，怕引起其他顾客的不满，更怕男孩疑心。好在大家似乎都没注意到这一幕，而男孩也只是笑了笑，不再发出疑问。他又夹了几片牛肉放入父亲的碗中，然后把剩下的都放入一个装着馒头的塑料袋里。

这时进来了一群附近工地的建筑工人，店堂里顿时热闹起来。等我们忙着招呼完那批客人，才发现男孩和他的父亲已经吃完面走了。

小张去那张桌收碗时，忽然轻声地叫了起来。原来那个男孩的碗下，还压着几张纸币，那几张钱虽然破旧，却叠得平平整整，一共是六块钱，正好是我们价目表上一盘干切牛肉的价钱。一时间，所有的人都说不出话来，只有无声的叹息静静回荡在每个人的心间。

很多年过去了，我一直不曾忘记那对父子相濡以沫的一幕，不知他们如今可好。想来那样的儿子，一定能为父亲和自己营造出一份温馨和安适。

这一点，我深信不疑。

（唐顺瑛）

（题图：黄全昌）

母亲的足浴

明天就是母亲的八十大寿了，张军暗下决心，一定要买个最好的礼物送给她老人家，让母亲也高兴高兴。

这事要搁在有钱人身上，一点也不难，可张军没钱哪。说来也是心酸，十年前，张军鼓动妻子和他一起辞职下海，谁知折腾了几年，不但没挣到钱，还把家里的积蓄赔了个精光。自此，他啥事儿也不干了，整日龟缩在家里喝闷酒，生闷气。可光喝酒生气又能顶啥用，一家人的吃喝找谁去？万般无奈之下，他把脸一耷拉，找到居委会的刘主任，申请吃上了“低保”。

张军的兄弟姐妹虽多，平时却是各忙各的，自己的事还顾不过来，谁还有闲心管他？只有张军的母亲，整日为他忧心忡忡，还不时接济他个三十、五十的。

母亲的恩要报，可有孝心架不住没现钱呀。张军在几家大商场里转悠了十多圈，也没能给母亲买到满意的礼物，好礼物太贵他买不起，次礼物又拿不出手。正在他转来转去，转得头皮发麻时，居然在一家大商场的门口，遇见了多年不见的老同学。

老同学一见面非要请张军吃饭，吃完饭又拉他去足疗中心洗脚。足足一个半小时的泡脚，洗脚，再加上小姐的那么一搓一揉，让张军舒服得差点没晕死过去。他大开眼界，头一次知道世间还有这样的享受方式，心里也不由得一亮，对，何不请母亲也来享受一次？

第二天，张军连哄带骗，把母亲带到了足疗中心，可母亲一听要洗脚，说什么也不肯进门："花钱让外人给我洗脚？你疯了吗？"说完就要往回走。张军拽住她，说尽了好话，母亲还是不依。

张军很委屈，眼泪就在眼眶里打转了，说："妈，今天是您老的八十大寿，我没钱给您买高档的服装，也没钱为您办一桌丰盛的酒席，我就这么一点点的心意，您还不能满足我吗？好歹我也是您的儿子呀！"

看到张军难过，母亲心软了，就答应了他，说："咱可就这一回呀！"

足疗中心的小姐倒上滚烫的热水，母亲的一双脚在药液里慢慢地变红了，她幸福地闭上了眼睛，随着小姐一次一次往盆里加入开水，母亲的脸上越发地安详了。

回到家，母亲高兴地对张军说："军儿呀，妈这一辈子还是头一次享受这样的待遇呀！"说完，从兜里拿出六十元钱来，递给他说，"你出去时我问过小姐了，在那里洗一次脚是六十元，你有这份孝心妈就知足了，现在你不太富裕，这钱你收下吧。"

张军怎肯收钱，母亲坚持说："拿着，今儿是我的生日，你别让我生气好吗？”老太太把话说到这份儿上了，张军也不好再说什么，把钱收了下来。

母亲自从洗了足浴，逢人便夸张军是个孝子，夸得张军心里美滋滋的，别提多高兴了。

过了一周，母亲打电话将他叫进家门，说："那次足浴洗得太舒服了，我还想洗一次，这回咱们不花钱，我已经烧开了水，你在家里给我洗吧！"

"什么？"张军惊得半天说不出话来，眼睛睁得大大的，傻了。母亲一拉脸，说："我是你妈，你小时候我不但给你洗脚洗屁股，还得给你接屎接尿。现在我老了，让你为我洗一次脚，就把你吓成这个样子？"

张军忙解释说："妈，不是我不肯给您洗脚，只是我怕洗不好，不如足疗中心的小姐洗得舒服。"

母亲说："不会怕什么，咱们慢慢地学嘛。"

母亲把脚放入热水盆里，就开始指挥张军为她洗脚、按摩，她一会儿说揉这儿，一会儿说敲那儿，一会儿说手重了，一会儿说手轻了，没用多长时间，张军就气喘吁吁，大汗淋漓了。好容易洗完，母亲又交给他一本书，说："这是我托人买的足浴按摩书，你没事时好好学学，赶明儿好再为我洗脚。"

张军一怔，说："什么？您还想让我为您洗呀？"

母亲说："你要是怕累就叫你媳妇给我洗也成，反正洗脚这差事我是交给你们一家人了。"

张军回家和媳妇一说，就被媳妇骂了个狗血喷头，媳妇说："那是你妈又不是我妈，我凭什么为她洗脚？"张军没办法，只好自己学，一边看书一边琢磨，慢慢地还真把按摩的套路学得个八九不离十了。而母亲更不肯轻易放过他，三天两头地叫他过去为她洗脚，而且是越洗越勤。

张军每次都累得腰酸背痛，后悔自己想出这么个请母亲洗足浴的馊主意。

没过多久，居委会的刘主任来找张军，说根据别人的举报，一个能花钱请母亲去足疗中心洗脚的人怎么能吃低保呢？所以决定取消他的低保资格。张军想争辩，可刘主任根本不听他的，这下把张军愁得欲哭无泪。

母亲知道这事，把张军找来，说："吃低保吃不出个好日子来，要想活得滋润，就得自己动手挣钱。咱们楼下有个空房子，你把它租下来当洗脚房吧，我这儿还有两万元钱，你先拿着用！"

张军不答应："妈，让我去给别人洗脚，这多没面子呀！"

母亲眼里有了泪光，说："我都八十岁的人了，看不到你有个好的前程，死后怎能安心？你那不是给别人洗脚，是在给你自己洗钱呢！你又怕丢什么面子？"

张军想想也是，自己已经混到这种地步了，还要那面子干啥用？十天后，他的洗脚屋就开张了。开头来的人并不多，可因为他要的价格便宜，也不搞那些乱七八糟的事儿，渐渐地人就多了起来，生意越来越红火，没出两年他就当上老板，雇了小工，自己不用给别人洗脚了。

一天，张军又碰到了居委会刘主任，刘主任笑着对他说："你可真成呀，从一个低保户，一下子就当起了老板来，有本事！"

张军心里有气，嘲讽地说："这还要感谢你呀，要不是你取消了我的低保资格，我现在不还是个困难户？"

刘主任笑了，说："这个功劳我可不敢抢，是你妈要求我们取消你的低保资格的。当初我们还怕你接受不了，你妈却说，我的儿子我知道，他能有出息的。嘿！现在看来，你妈就是眼光高嘛！"

张军愣住了，是母亲！他一想，坏了，由于近段时间生意忙，已经一个多月没见到母亲了。他买了好多礼物来看母亲。

母亲正在泡脚看电视呢，见他来了，忙说："你这么忙来看我干吗？还是工作要紧呀！"

张军叫了声："妈……"就哽咽得说不出话来，忙蹲下身去，将母亲泡进水里的脚抬起来，又要像以前那样给她按摩。

母亲把脚抽回来，说："军儿，别、别这样。其实这样洗脚不舒服，每次你给我洗脚，我都是咬着牙关硬挺住的，我这双老脚怎经得起这样敲敲打打呢？我还是爱老式的洗脚法，舒服呀！"

听了这话，张军的眼泪吧嗒吧嗒地掉进了母亲的洗脚盆里……

（张开山）

（题图：魏忠善）

握住你的手

石旺从大山里出来到城里闯荡，几年下来，成立了一个山货公司，赚了钱，周围的人开始不再叫他石旺，而是尊称他“石总”。石总有了钱，免不了有些胡思乱想，反正老婆阿枝在几百里外的乡下，绊不住他的手脚。

他喜欢上了一个叫爱眯的姑娘，为了讨得爱眯的芳心，石总学会了大把大把地花钱。他给爱眯买了一条白金手链，亲手戴在爱眯的纤纤玉腕上，爱眯戴了手链的小手，更是显得娇美无比，让人看了心都痒痒的。天冷了，石总还专门托人从外地购回一件白貂皮大衣，生怕冻坏了美人儿的娇躯和玉手。爱眯对这一切太满意了，撒起娇来，就称石总为“石哥”。

这个春节，石总不打算回乡下老家过年了，他问爱眯想怎么度过这个二人节日。爱眯说她是城里长大的，想到山里看看雪景，石总立即讨好地说，他就是个好向导哩。

一切收拾停当，石总牵着爱眯的小手坐进了公司的小车，开拖拉机出身的石旺这些年车技提高得很快，他用一只手娴熟地转动着方向盘，腾出另一只手，轻轻握着爱眯温暖柔软的小手，那感觉别提多好了。

这时车外刮起了冷风，还伴着白色的雪粒，石旺和爱眯却没有在意，等车行驶到了一个垭口，一道寒流突袭过来，从漏着缝的车窗猛然灌了进来。石旺开车的那只左手突然有些不听使唤了，他心里一个激灵：小时候自己的左手被山里的寒流冻成过重伤，后来每逢严寒天气，他总要用家乡特有的野棉包裹一层麝香做成厚厚的护手来护住手腕，但在城里到处都有暖气，几年不犯老毛病，他几乎把这事给忘了。现在左手突然被冷空气刺激得不听使唤，他有些不知所措，慌乱中，他急忙从爱眯的手中抽出自己的右手，想把方向盘拧正，可惜已经太迟了，车“吱——”的一声怪叫，向路边陡峭的山崖奔去……

爱眯被这突如其来的变故吓呆了，想喊救命，可哪里出得了声。就在这千钧一发的时刻，一辆大货车迎面驶来，也正是多亏了这大货车，石旺的小车才没有直接飞出路外，而是“砰”一下撞在了货车的保险杠上。石旺一声惊呼，爱眯下意识扑进他的怀里，两个人的手不自觉地握在了一起……

小车没有翻下山崖，而是在崖口上侧翻在地，石旺被翻出车外，两条腿被压在了车下。虽说有旁边的石头垫着，不至于使整个车子的重量都压在腿上，可腿卡在里面，人爬不出来了。石旺用手使劲撑着车子，帮着减轻腿上的压力。爱眯很幸运，没被甩出车外，她小心翼翼地爬了出来。

那辆装满栎树皮的大货车并无大碍，车上装的一卷松动的老树皮筒滚落在路边。满脸大胡子的司机被突如其来的事故吓坏了，他将车停稳后，急忙跳下车，朝石旺翻车的方向奔去。

爱眯看到大胡子像是来救人的，她爬起身，尖尖的嗓音都快变调了："大哥，快救救石总——"

爱眯的这声呼喊使石旺心里一暖，没想到爱眯这个时候还真替自己担心。可谁知大胡子听到这声音，再看看爱眯，已经跨出的脚又停下了，嘟哝了一句："什么'石总'？"

"就是石总经理……"爱眯忙解释道。

"哦，是总经理，有权有钱的嘛！"大胡子这时倒不急了，还抱起了膀子。

一股冷空气再次袭来，石旺的左手一阵痉挛，手上一松劲，汽车沉下来一点，腿被压得更痛了。石旺心里明白大胡子想要钱，可现在他连张嘴的力气都没有，只好用乞求的眼光示意爱眯给他掏钱。

爱眯细白的手指从口袋里掏出一叠钱，着急地递过去，说："这钱归你，快救救他……"

大胡子看都不看一眼："太少了，我要你的手链，手链比钱好，存一万年都值大钱，你给吗？"

"你……"爱眯虽然很生气，但碰上石旺可怜兮兮的目光，她只好把手链取下来，递给大胡子。

大胡子得寸进尺地说："我老婆连棉袄都没新的穿，她做梦都不敢想自己能有件貂皮大衣，听说穿着这玩意儿就是掉进冰窟里也暖和着呢。"

爱眯简直忍无可忍，她正想开口骂这个趁火打劫的刁民，却听到"哗"

的一声响，她向石旺那边看去，原来石旺身下崖缝里的一块石头碎了，石旺喘着粗气，额上是密密的冷汗。爱眯哆嗦了一下，极不情愿地开始脱身上的貂皮大衣。

谁知大胡子此时低下头，目光向爱眯胸口瞅去，不怀好意地说："这位小姐脱了大衣，身材更显得好了，不知比我老婆强多少倍——"

正当大胡子"哧哧"怪笑的时候，那卷从大货车里滚落到路边的栎树皮筒里突然传来"哎呀"一声响。大胡子不明白怎么回事，呆住了，爱眯更是吓得丢了魂似的。只见那筒里钻出一个人来，她一骨碌爬起来，抖抖衣衫冲大胡子喊道："贼男人，要看来看老娘的！"

大胡子吃惊不小，不过他很快认出了这个女人："你这个婆娘，我不让你搭车，你啥时候钻进了树皮筒里，这要是跌下山涧死了，怕连神仙都说不清是咋回事！"

婆娘听了这话更是来气了："神仙不让我死，是叫我救人哩，见死不救，趁火打劫，亏你还是个大男人！"

大胡子气鼓鼓地说："他们这些人，明里是'总经理'，暗里是'总坑人'，知道我这山货为啥挑了这大过节的日子才往外运，你以为我不想在家过节啊，就是想躲过这帮层层揩油的总购总销的'总瘟神'，让他们丢丢魂有啥不好！你当我真想趁火打劫啊，我是想让他们吃点苦头，要不是这女人喊了声什么'石总'，人恐怕早就让我救出来了！"

大胡子这样说着，早见那婆娘奔向了崖边，绕过车子想去救人。大胡子连忙喊声"危险——"，一个箭步冲上去，和那婆娘一起，把车子往路边上拖。石旺这时候不敢有半点闪失，也紧紧抓住车子，要不然，他可真要翻下山崖了。那婆娘"嘿哟"一声喊，竟真的和大胡子一起把车子拉回了一点，大胡子推开婆娘，从侧面挤进去，连拎带拖，把石旺"捞"

了上来。

石旺像进了趟地狱似的，半天才有气无力地睁开眼睛，他心想一定要好好谢谢这位救命恩人，可抬眼一看，惊得他哪里还说得出话来，原来这个灰头土脸的女人不是别人，正是他乡下的老婆阿枝！阿枝也惊得后退了好几步，她叫着石旺的小名："石头，咋是你？"

石旺没缓过气来，也不知道该说啥，只好问道："阿枝，你咋会在这里？"

阿枝看石旺惊慌失措的样子，又变了一副嬉皮笑脸："想你了呗！大过节的，山里路不好，班车停运了，我只好去找趟过路车捎捎脚，找来找去只有那个大胡子开着货车要进城。哪知他嫌搭个女人不方便，咋说都不点头。我知道这些男人没一个有好心眼儿的，要是我阿枝有个水柳一般的俏身段，他心里没准儿比灌了蜜还要甜，倒给钱都会捎上……"

这时，大胡子变得不自在起来："你这婆娘，怎么胡乱猜测别人的心思，难道你就这样钻进了货车厢，不怕冷风冻死你？"

"咱阿枝满身都是脂肪，再说，钻那栋树皮筒里比穿貂皮都暖和！刚才我还在做美梦，就被摔下来了，还以为是到站卸货了呢，再一听你嚷嚷的，觉着不对，就使劲儿钻出来，竟是石头的车翻了，真是巧了！"阿枝忽然想起什么似的转头对石旺说，"你不是说公司忙，不回家过年了吗？是不是事情做完了，改了主意从这往家里赶？"

正当石旺左顾右盼不知说啥好的时候，一旁的爱眯带着满身的脂粉香气走了过来，当她明白了眼前的肥婆就是石旺的老婆时，故意留给阿枝一个俏丽的背影，殷勤地俯下身，想把地上的石旺拉起来。可她刚碰到石旺那只左手，就听到石旺"哎哟"一声。石旺怨恨地用另一只手把她推了个大趔趄，爱眯不明白是怎么回事，急了，背过身去装作生气的样子。

阿枝看到眼前的情景，像是一下子明白了，脸上的笑意僵住了。不过她咬咬嘴唇，还是蹲下身，从温热的怀里取出一只护手，递过去说："你说不回家过年，我就想把这只老式护手捎来。前段时间的天气预报说今年过节风寒特别大，十多年遇不上一回，我听了就想进城看看你，你那老毛病要是又犯了，啥事也做不成。石头，你现在就戴上吧！"

一阵山风吹过，护手里的麝香散发出阵阵香味。石旺闻到这熟悉的味道，低下了头，他伸出另外一只手，紧紧握住了妻子那长满厚茧的手。

（吴相阳）

（题图：魏忠善）

楼上楼下

柳巧稚大学毕业后，来到深圳，在一家外资公司做职员。公司的主管是个日本人，他总有办法让所有员工像个陀螺般地旋转着，柳巧稚和同事们整天处于超负荷工作状态，喘口气都得抢抓机遇。仅仅过了半年，柳巧稚就患上了神经衰弱症，烦躁、易怒，尤其是晚上睡觉的时候，哪怕是蛐蛐在叫春，柳巧稚也会立刻惊醒，一骨碌爬起来，并且此后再难入睡。所以，给自己找个安静的小窝就成了有关柳巧稚生死存亡的大问题。几经周折，柳巧稚锁定了一个僻静的小区，还算幸运，月底的时候，有人出租房子，柳巧稚顺利地入住到里面。

这天晚上，柳巧稚回到公寓，把职业装一脱，高跟鞋一蹬，痛痛快快地泡了个热水澡，然后把自己放在床上。上下左右一片安静，没多久，柳巧稚就酣然入梦了。

不知什么时候，柳巧稚突然被一阵“咕咚咕咚”的声音惊醒，她两只耳朵警觉地一侦察，是楼上303室发出的声音。这声音沉闷有力，像是有人在故意用什么东西撞击地板。柳巧稚明白了，楼上是一个上夜班的人。可你上你的夜班，撞击地板发的是哪门子疯啊？

过了一会儿，捣地板的咕咚声终于停了下来，可柳巧稚再也睡不着了，瞪着眼睛对着天花板胡思乱想。突然，柳巧稚一骨碌爬起来，跑到楼上，用拳头擂着防盗门说：“你有病啊？深更半夜捣什么地板？你知不知道人家被吵醒后，就再也睡不着了？讨厌！变态！”

屋里响起一个男人洪亮的声音：“真不好意思，我下次一定注意。”

柳巧稚回到屋里，熬到天亮，头昏脑涨地来到公司，由于睡眠不足，那天柳巧稚工作中出了几个差错。下班前，主管把全体员工召集起来，一长溜地站在公司门口，然后，恶狠狠地命令柳巧稚出列，指手画脚地罗列柳巧稚今天工作中的失误，分析这将会给公司带来的影响。最后，主管宣布，扣发柳巧稚当月1000块钱奖金。

“批斗”结束后，柳巧稚揣着一肚子委屈回到家里，她没心思吃饭洗澡，就躺在了床上。楼上静悄悄的，想必那个家伙还没下班。柳巧稚突然想到，那个可恶的家伙深夜回来后，会不会再神经质地捣地板呢？这么一想，她的精神一下子高度紧张起来，睡意跑得无影无踪。她翻来覆去，挨到夜半时分，楼上的“咕咚”声又来了！虽然这声音比头天晚上轻微得多，但仔细听，还是可以听到。

那“咕咚咕咚”的声音像是捣在柳巧稚的心里，让她更加烦躁。聚集了一天半夜的愤怒爆发了，柳巧稚一骨碌爬起来，跳下床，操起拖把就向天花板捣去。她用力地捣，歇斯底里地捣，边捣边骂：“我捣我捣，我捣死你这个搅人家好梦的狗东西！我捣我捣，姑奶奶我要把天花板捣个大窟窿出来！”直捣得筋疲力尽，柳巧稚才发现，不知什么时候，楼上的“咕咚”声已经停息了下来。

接下来的时间里，柳巧稚想反正是睡不着了，索性将这场报复进行到底，每隔一分钟，她就用拖把捣天花板，让上面的人明白：你搅了我的美梦，我让你也睡不成。就这样，柳巧稚整整折腾了一宿，第二天，她只能请了病假在家里睡觉。

不过，柳巧稚的行动很有效果。这“敌人”像弹簧，你弱他就强，从第三天开始，楼上那个男人再也不敢在深夜里捣地板了。

从此以后，楼上那个男人下夜班回家时绝无噪音，每个夜晚，柳巧稚都是一觉睡到天亮。

柳巧稚经常回忆这段泼辣的战斗史，心里颇为得意。她琢磨楼上那个男人，晚上没事捣地板干什么？莫非真的是一个变态？

这些日子，柳巧稚休息得到位，精神饱满，活干得也漂亮。那天，主管把柳巧稚叫到办公室里说，为了奖励柳巧稚这些天来的出色表现，让柳巧稚休几天假。柳巧稚高兴得差点跳起来——终于可以好好地休息一阵子了。

回到家里，躺在床上，在上下寂静中，柳巧稚香甜地酣睡了一夜，直到第二天中午时分，柳巧稚才一觉醒来。她没有立即起床，懒洋洋地赖在床上养精蓄锐。忽然，楼上又响起轻微的“咕咚”声，而且还来来回回地响个不停。柳巧稚迷惑了，这声音怎么又卷土重来了？想了半天，得出结论：肯定是楼上那个男人以为楼下的柳巧稚上班了，便无所顾忌，放开手脚来折腾了。

“咕咚”了一会儿，柳巧稚听见他关门的声音，想必是上班去了。柳巧稚有些好奇，想看看这变态的男人到底长什么样子。于是，她裹着毛毯，一骨碌从床上跳起来，来到阳台上站定，等着那个男人出现在她的视野里。一阵“叮叮咚咚”的铁门响动后，一个年轻的男人出现在柳巧稚的视野里。可是柳巧稚却惊呆了，这个男孩竟然是一个双腿被截去一半的人！

男孩很壮实，肩膀很宽，他的腋下架着一副粗大的金属拐杖。男孩一颠一颠地向前走着，拐杖敲击着坚硬的水泥地面，发出沉闷的“咕咚”声。

终于，男孩消失在柳巧稚模糊的视线里。

柳巧稚彻底明白了：头天晚上，男孩晚班回家时的“咕咚”声就是拐杖捣在地板上发出的！第二天晚上，那个声音轻微了些，肯定是他在拐杖末端裹上了棉絮之类的东西。那声音敲击在柳巧稚的心里，和着“咕咚咕咚”的心跳，让她内疚脸红。

当柳巧稚回到卧室，躺在床上，一个问题在她的心里打着转：那“咕咚”声是怎么消失的呢？男孩深夜回到家，不再拄着拐杖，这个没有腿的男孩，总不能在屋里飞来飞去吧？柳巧稚决心找到这个答案。

夜深了，柳巧稚还站在客厅里，竖起耳朵，搜索着外面的动静，等待男孩回来。终于，楼道里响起一阵轻微的“咕咚”声，那是拐杖撞击地面的声音。柳巧稚开门迎了上去，站在男孩面前。

男孩有些吃惊，尴尬而疑惑地望着柳巧稚。柳巧稚的声音有些颤抖：“告诉我，你深夜回来时，是怎么不弄出声音的？”

男孩憨厚地笑了笑，不肯回答。柳巧稚逼近了男孩，半是撒娇半是蛮横地说：“你要是不说，我们就在这里站一夜，谁也不准回家。”

男孩不好意思地笑着，想了一会儿，才吞吞吐吐地说：“我回来以后其实也没什么事，就是洗澡刷牙这些，我怕吵醒你，所以……”

柳巧稚追问道：“所以什么嘛？”

男孩似乎做了什么见不得人的事情，苍白的脸上有了红晕，小声地说着：“我就放下拐杖，爬到卫生间去。”

爬？！柳巧稚呆了。这个身材壮实的男孩，为了一个陌生人能够睡上好觉，居然爬着去刷牙，爬着去洗澡，爬着去睡觉！

周围一片寂静，两人甚至可以听见对方的心跳声。忽然有了声音，那是一声畅快的抽泣——那个声音是从柳巧稚的心里发出来的。

一段时间后，柳巧稚成了这个男孩的女朋友。她坚信，一个愿意为了陌生人爬行的人，他的爱不会残缺。

（杨　格）

（题　图：箭　中）

艾滋妈妈

这天，医院妇产科召开了一次特别会议，说有个艾滋病人要住进病房。

这个消息在妇产科顿时炸了锅，开会时院长在台上没人敢吭声，可等会议一结束，全体护士齐声抗议："不行，万一感染了谁负责？"一些医生也有意见："要是污染了手术器械、床铺，造成其他病人感染怎么办？"

嚷归嚷，最后病人还是住进了产科病房。"艾滋病母亲分娩无感染婴儿"是本院的一个科研项目，这次连编号都是院长亲自来挑的：特护病房"19床"，说是图个吉利。然而，当护士长给这床分派护士的时候，谁也不愿意去。最后，任务落到了我的头上。

我刚从卫校毕业三个月，虽说初生牛犊不怕虎，但现在还是如履薄冰。第一天的护理内容是“抽血”，我知道血液是艾滋病传播途径之一，所以，除了戴口罩帽子穿长袖，我还特意挑了一双最厚的乳胶手套。

推开病房门，我先探着头朝里望了望，然后硬着头皮说：“19床，我来检查啦——”

这时，只见“19床”靠在床垫上，腆着临产的肚子，微笑地看着我进来。我以为得这种病的人，多少会有点与众不同，一打量，发现她很普通：头发短短的，宽松的裙子，平底黑襻扣布鞋，脸颊上布满蝴蝶斑，一个标准的临产孕妇。

“你好！”“19床”彬彬有礼地说道。

我心跳如雷，僵硬地笑了笑，然后拿起针筒。大概是太紧张了，一针下去没扎进静脉，反而把血管刺穿了，病人疼得眉毛都跳了起来。我手忙脚乱地拿针管吸血，又拿来棉球小心翼翼地擦，不让血迹沾染到自己的身体上。清理完毕，再抬眼看看病人的脸色，居然风平浪静。

“谢谢你。”“19床”轻声说道，声音温和而恬静。

回到办公室，我忍不住对值班的李医生说：“哎，这个‘19床’，怎么看也不像得那种病的人呀？”

李医生反问我：“那你以为得这种病的人应该是什么样的？”一句话把我噎住了。李医生把“19床”的病历递给我，“你看看吧。”

翻开病历一看，“19床”运气是真不好，她本来是一所大学的老师，30岁就升了副教授，前途可谓一片光明。然而人有旦夕祸福，就在去外地出差的路上，她遇到一起车祸，需要紧急输血，谁都没想到这次输血竟“中”上了艾滋病毒，直到她怀孕做检查时才发现被感染。可怜那个未出世的孩子！研究表明，“艾滋妈妈”生产的婴儿，受感染的概率轻者百分之二十，重者百分之四十，而且对于免疫系统被破坏的母亲来说，常常是致命的。

当天下午，“19床”的丈夫就来了，这在妇产科又引起一阵小小的轰动。一个艾滋病人的丈夫会是什么样子？我怀着好奇心，装作查房，走了进去。

“19床”坐在床上，把腿搁到对面坐在椅子上的丈夫的身上，慢慢地梳头发，从头顶到发际，悠然自在；丈夫帮妻子轻轻揉着肿胀的双脚。阳光从窗户溜了进来，斑斑点点地定格在丈夫的手和妻子的脚上。这时，他们更像一对幸福的准父母。

“你觉得孩子像谁？”丈夫问。

“我呀。”妻子娇憨地撒娇。

“皮肤不能像你吧？”丈夫呵呵地笑，“看你的小脸都成花斑豹了……”

我整理着床铺，听着这一对夫妻细语呢喃，心里不断泛酸，眼泪都快流出来了，赶紧走出病房。

“19床”必须服用多种药物，控制HIV病毒的数量，几乎每天都要抽血、输液。两条白皙丰满的手臂，从手背到胳膊，针眼密布。我手生，常常一针扎不进，可“19床”却从没发过一次脾气，只是很安静地看着我笑。护理一个多星期，我渐渐喜欢上她。有时候，我还会为她买几支新鲜的向日葵，插在花瓶里，放在她的床前。

“19床”的胎位正常，不过为了避免在生产过程中感染，医生早就商定了剖宫分娩方法，连手术计划都拟好了，就等着产期的到来了。虽然离预产期还有一个多星期，但是“19床”31岁初产，又身患艾滋，所以病房上下都高度戒备，随时准备进入临战状态。

“19床”很镇静，每天看书听音乐，还给未来的孩子写信，画一些素描，枕头下已攒了厚厚一叠。

我问她为何坚持要这个孩子，她的生育年龄偏大，又带病在身。她并不在意我的唐突，笑了笑道："孩子已经来了呀，我不能剥夺他生的权利。"

我犹豫了一下，还是说了出来："万一被感染了怎么办？"

她抚摸着向日葵，半晌方道："如果不试一试，孩子一点存活的机会都没了。"

我的心情颇为沉重，病房里出现死一般的寂静。正要离开，她轻声唤住我："我想拜托你一件事，万一生产时出了什么事，我先生一定会说要保大人，可我的情况你也知道，所以无论如何，孩子是第一位的。"

我的眼泪不可抑制地流了出来。

日子一天天过去了。那天夜里我值班，"19 床"的手术已经安排就绪，排在第二天上午。可就在凌晨，办公室的紧急信号灯忽然闪烁起来，发出刺耳的响声。我猛地坐起来，一看牌号，是"19 床"。我一边招呼值班医生，一边飞速地奔向"19 床"的病房。

惨白的日光灯下，"19 床"的面色也是惨白惨白的。打开被子一看，羊水已经破了，更要命的是，羊水是红色的。也就是说，子宫内膜非正常脱落，子宫内出血了。

"19 床"的脸上第一次出现慌乱的神色。原本胎盘可以屏蔽和过滤艾滋病毒，但一出血，意味着孩子遭受感染的可能成倍增加。她疼得额头上全是汗水，仍咬牙强忍住配合手术前的准备工作。担架一时没来，她二话不说下了床，挪开步子就走。我搀扶着她，她不管不顾，越走越快，仿佛她走快一秒，孩子不被感染的可能就增多一分。

当她躺在手术台上时，羊水已呈污浊色，这意味着胎儿处于危险的缺氧状态。麻醉师给她实行了硬膜麻醉，我开始拿探针测试她的清醒程度。真要命，三分钟过去了，她依然清醒地睁着眼睛，说："很疼。"麻醉师汗如雨下，这种体质他还是头一次碰到，但是胎儿已经绝对不允许再加大麻醉剂量了。

"19床"死死握住我的手，眼睛哀求地望着医生们，声音轻微而坚决："救我的孩子！快救孩子！别管我！"

一分钟后，"19床"的手和脚被固定在产床上，麻醉师也预备好了针剂，主刀李医生闭了闭眼睛，不忍心下手。这是我做护士以来，第一次在这个"王牌医生"脸上，看到这样近乎绝望的神情。

手术刀迅速在"19床"对麻醉不起反应的肚皮上划切下去……"19床"握住我的手骤然间收紧了，咬着毛巾的口腔里发出含混不清、低哑却绝对撕心裂肺的吼叫声，身体在产床上剧烈地颤抖着，痉挛地颤抖着……她的脸因疼痛而变形，我不忍目睹，眼泪成串地往下掉。

终于，胎儿取出来了，由于脐带绕着了颈部，那张小脸给勒得发紫。几分钟后，"19床"身体开始松弛，而这时，在李医生有节奏的拍动下，婴儿吐出了口中的污物，发出了第一声微弱但清晰的啼哭。昏睡过去的母亲听到了这声音，努力地睁开眼睛朝孩子瞥了一眼，眼皮就沉甸甸地合上了。

我为她解开固定的带子，才发现她的手腕和脚踝处都已经磨出了血。而我的手，也像骨头断裂了一样，一阵阵剧痛。

我怎么也没想到，那一眼是"19床"第一次也是最后一次看到自己的孩子。那双恬静爱笑的眼睛合上之后，就再也没有睁开。三天后，她就因为手术并发败血症，抗生素治疗无效，永远离开了人间。

庆幸的是，那孩子HIV原体测试为阴性，医疗个案多了一个成功例子，听说市里的报社和电视台都要来采访这个健康婴儿。我在清理"19

床”病房时，在她的枕头底下，发现了她留给孩子的信，有字，还有图：最上面一页画着一个大大的太阳，太阳下一双小小的手。她给孩子写道："宝宝，生命就是太阳，今天落下去，明天还会升起来。只是每天的太阳都会不同。”下面署着一个漂亮娟秀的名字：婉婷。

我第一次感到后悔，这些日子来一直叫她“19床”。

孩子出院的时候，我把信交给那个爸爸，他的眼睛哭得又红又肿。孩子好像也知道妈妈走了，一个劲儿地“哇哇”大哭，可一当我把那张画着美丽太阳的图画在他眼前晃动时，小家伙立即不哭了，兴奋地伸出小手挥舞着，似乎要抓住这封信……

（改编：姜文华）
（题图：王申生）

爱在一日三餐里

七十多岁的根奶奶最近迷上了看韩剧，每天午饭后，她就守在电视机前面，等待着韩剧的播放。那些谈情说爱的韩剧看得多了，根奶奶的心态也就不平衡了，她常常对根爷爷抱怨："瞧电视上那些小伙子大姑娘，多热乎儿，多有趣儿！咱不也是从年轻时过来的？咱算是白活了一辈子啦！"

这天下午，根爷爷听烦了根奶奶的抱怨，忍不住说："老脸老皮的，你要我也学电视上的，啃你咬你呀？"

根奶奶一下子火了："我老脸老皮？咋不瞅瞅你那张脸？老核桃一样！再说了，我一过门就老脸老皮的？细皮嫩肉时，也不记得你细看过我一眼啊！我这辈子，算是白搭给你了！你是块木头！"根奶奶越说越生气，收拾了几件衣服，到闺女家去住了。

根奶奶和根爷爷一块儿生活了五十多年，谁也没离开过谁；可这一回，根奶奶是下决心抛下根爷爷了，无情无趣，这日子过得有啥意思?

根奶奶的闺女也五十多岁了，也熬成奶奶了，不过她还得下地干庄稼活儿。闺女家的人都外出打工去了，根奶奶一来，就对她闺女说："妮儿，做饭你别管了，下地回来，吃现成的就中了。"闺女答应着，就下地干活儿去了。

天黑时，闺女回到家，根奶奶已经盛好了饭。北方农村，主食是馒头，说"饭"，其实是汤，大米汤、小米汤、面汤之类的，"做饭"，也就是做汤。根奶奶她们吃完饭后，锅里还剩下一些汤，闺女忍不住说:"娘，你做多了。"

根奶奶听了一愣，闺女的话让她莫名地觉得刺耳、不舒服。

第二天，闺女还没起床，根奶奶早把饭做好了。吃饭时，闺女喝完一碗汤，拿勺子再去盛时，锅里已经干了。

闺女又有点儿不高兴了:"娘，你又做少了。"

根奶奶听了又一愣，心里很不舒服，再细细一想，根奶奶明白过来了:老头子吃她做的饭，吃了五十多年，竟从没挑剔过她做得多了还是少了，难怪听了闺女嫌多嫌少的话，心里会不舒服。想到这里，根奶奶委屈地说："上顿你不是嫌多吗?"

闺女说："那也得够喝呀!"

接下来的两天，根奶奶的汤，不是做多了，就是做少了，没一次是正好的。其实在农村，这也很正常，因为汤不是主食，做起来就不讲究了，添水多了，剩下的就喂鸡喂狗，反正是汤，没几粒米，就是扔了也不可惜；若是添水少了，不够喝，就喝水补充。当然也有心细的女人，做出的汤刚刚好；也有细心的男人，埋怨女人做多了做少了。

这天吃完午饭，看着锅里剩的一碗多米汤，闺女终于不客气地说：“娘，你咋连个饭也做不成了？”

根奶奶苦着脸，说：“你娘我虽是个粗人，做啥都没个准头，可我做饭偏偏准得很哪，顿顿都是不多不少，刚刚好啊。咋一到你家，就做不成饭了？”

闺女忍不住笑了：“就你那马虎劲儿，做出的饭能不多不少、刚刚好？哄小孩子吧！”

根奶奶一下子急了，梗起脖子，说：“谁哄你啦？不信的话，问问你爹去！”

真是说曹操，曹操到，这时候，就听见根爷爷在门外说道：“妮儿，我接你娘来了。”

根奶奶说了句“就说我不在”，赶紧躲进里屋了。

根爷爷进得屋来，看着闺女问道：“妮儿，你娘吃完饭，出去溜达了？”

闺女说：“爹，我问你，我娘做饭有准儿吗？”

根爷爷笑了，说：“就你娘那忽忽拉拉的性子，做饭能有准儿吗？她做多，我就多吃，剩下可惜了，她生的做成熟的也不容易；做少哩，我就少吃，尽着你娘吃。五十多年了，就这么过的，这也没啥大不了的呀！”

根爷爷话音刚落，突然，里屋的门“砰”的一声响了，只见根奶奶面色绯红，突然出现在门口。这个七十多岁的老太太，竟像个小女孩一般扑进了根爷爷的怀里，然后“咿咿呀呀”哭起来，那声音甜得呀，啧啧，能渗出蜜糖来！

根奶奶闺女一看这情景，眼也直了，脸也红了，要知道，别说她老爹老妈了，在人前，她都没跟自己男人碰过手指头！

根奶奶抱着根爷爷的腰，猫在根爷爷怀里，还在“咿咿呀呀”哭个不停。根奶奶终于明白，虽说根爷爷没对她说过一个“爱”字，但根爷爷把对她的爱，都藏进了一日三餐里。五十年，一年三百六十五天，一天三顿饭，这么多的爱加起来，怕就是天底下最大最深的爱啦！韩剧里的那些小男生？嘿，他们还得学着点儿！

（王瑞霞）

（题图：安玉民　梁　丽）

第一次约会

一天，纽约中央火车站门口，来了位急匆匆的年轻军官，他名叫勃兰福特，是个中尉，高挑的个儿，黝黑的脸庞，健壮的身材，穿一身戎装，显得很帅。他看看自己的手表，又望望问讯处上头的钟，都是5点54分。他想到再过6分钟，就要见到那位从未见过面的，但日夜思念的女人，不觉心里有些激动。

记得一年多以前，勃兰福特在训练营里，从一本叫《人类的束缚》的书里认识了她，她叫梅尼尔。从那本书里，他知道梅尼尔是个十分温柔而且很有见地的女人，于是留下了很深的印象。后来，他又从一本电话号码簿上查到了梅尼尔的住址，便给梅尼尔写了封信，哪知过了没几天，竟收到了她的回信。第二天，勃兰福特就上船出国打仗去了，但他们并没有因此中断书信来往。

战争是残酷的，可梅尼尔的信给了他很大的力量，他开始爱上了她。然而有一次，勃兰福特在信里向梅尼尔提出寄赠照片的要求，却遭到了拒绝。

她回信说："为什么要照片呢？是想看看我漂不漂亮吗？要是你对我的感情是真实的，那我的相貌就无关紧要。当然，爱美之心，人皆有之，但如果只是以貌取人，怕也有失偏颇。请原谅，照片就不寄了，等你到纽约来的时候，就会看到我，那时候你再作决定吧。"

就这样，他们在一年时间当中，你来我往地写了一百多封信。最近勃兰福特回到了纽约，于是二人商定这天下午在中央火车站门口会面。为了能够辨认，他们约定女的胸前别一朵红色的玫瑰花，男的手里拿一本《人类的束缚》。

很快，4分钟过去了，离6点还差2分钟，可勃兰福特总觉得时间过得实在太慢。当他又一次抬头看钟时，一个姑娘从他旁边擦身而过，勃兰福特一愣，急忙追上去一看，她果然胸前别着一朵花，但却不是红玫瑰。再细细一看，这姑娘最多不过18岁，不可能是他要等的梅尼尔，因为梅尼尔曾经告诉他今年她正好30岁。勃兰福特见姑娘毫无反应，不敢冒失，只得回转身来，在人群中寻找他要找的人。

不一会儿，他发现一个身穿绿色衣服的年轻女子朝他走来。只见那女子高高的个子，一头浅黄色的秀发披在耳后，一双蔚蓝色的眼睛炯炯有神，那温柔而又活泼的神态，使勃兰福特怦然心动。虽然她胸前并没有佩什么花，但不知为什么，他认定这女子就是他所爱的梅尼尔。

勃兰福特急忙迎上前去，把书抱在胸前，冲着绿衣女郎微微一笑。

绿衣女郎先是一愣，然后朝他看看，说道："大兵，你是跟我争路，还是要向我问路？"勃兰福特被她问得很尴尬，一时不知说什么好。突然，他发现绿衣女郎后面又来了个女人，胸前别着一朵红玫瑰花，啊，没错，真正的梅尼尔来了！他对绿衣女郎说了声“对不起”，连忙朝梅尼尔迎了上去。

来到跟前一看，他傻眼了：原来这朝思暮想的女人竟是个年过40岁的半老徐娘：她那就快变白的头发卷在一顶陈旧的帽子下面；她那身材，不说肥胖也长得过于丰满；一双脚塞在低跟鞋里，脚背都鼓得高高的。她在勃兰福特面前站住了，朝着他直笑，从她的脸上看得出，这是位贤慧、善良的中年妇女。

勃兰福特觉得很失望，像是被当头浇了一盆凉水，浑身不自在，但她毕竟在精神上曾经激励过自己，而这种友谊是值得永远感激的……想到这里，他急忙挺起胸膛，先行了个军礼，又将手里的那本书——《人类的束缚》伸到女人面前，说：“我是勃兰福特。您一定是梅尼尔女士吧？今天见到您，我很高兴。我——我可以请您吃顿饭吗？”

女人听完，咧开嘴“咯咯咯”地笑了，摇摇头说：“孩子，你搞错了，我不是梅尼尔，也不认识梅尼尔。”

“那您怎么佩了朵红玫瑰？”

“啊，你说花吗？这是刚才走过去的那位穿绿衣服的小姐出钱雇我把它别在衣服上的。她还说，要是你请我同你去什么地方的话，告诉你，她就在对面那家饭店门口等着你。她说这是跟你开个玩笑。”

勃兰福特恍然大悟：“不，这不是开玩笑，而是对我的一次考验！谢谢您。”他说完，撒腿朝饭店奔去。

（原作：基　履；讲述：吴文昶）

（题图：箭　中）

寻狗启事

这天，纽约市里几家大报同时登出了一则“寻狗启事”，上面写道：本人不幸丢失了一只叫贝比的狗，找到此狗并送回者，酬金十万元。启事上还附了一张贝比的照片，联系人为莫尔斯。

启事登出后，莫尔斯家失去了平静，电话不断，来送狗的也络绎不绝。可莫尔斯发现，送来的杂七杂八的狗中，没有一只是自己丢失的。几天下来，莫尔斯被弄得焦头烂额，但始终也没找到那只叫贝比的狗。

更糟糕的是，三天后，自己六岁的儿子小汤姆也不见了！

这天夜里，有人打来电话：“莫尔斯先生，想要回你的儿子吗？”听声音是个男的。

莫尔斯一听，又惊又喜，急忙问道：“他在哪儿？你知道吗？”

“我当然知道，但我更想知道把他交回给你能得到多少钱？”

莫尔斯心头一震，立即意识到儿子被绑架了："你想要多少钱？"

"一百万，不多吧！"

"可我没那么多钱！"

"哈哈哈，谁会相信为找一只狗就花十万元的阔佬，连区区一百万都拿不出来？"

莫尔斯愣住了，没料到烧香引鬼，狗没找回却招来了歹徒，儿子反倒被绑架了："你千万别伤害我的儿子，明天我再答复你！"

"行，只要你不报警，我保证你儿子毫发无损！"

第二天晚上，那个男人又打来电话："考虑好了吗，莫尔斯先生？"

"我确实拿不出一百万元钱。这位先生，如果你肯听我讲讲关于这只狗的故事，你就明白了。"莫尔斯近乎哀求地说。

"好吧，我洗耳恭听。"

原来，莫尔斯的姑母早年嫁到法国，膝下无子女，丈夫死后留下一笔遗产，她晚年又回到美国，希望葬在老家。几十年孤僻的生活习惯使她很难让人接近，她最心爱的是那只陪了她十多年的宠物狗贝比。她怕自己死后，狗遭噩运，所以很早就立下遗嘱：死后那五千多万元遗产归贝比所有，只有等贝比正常死亡后，再由第二继承人，也就是她唯一的亲人——侄儿莫尔斯继承。也就是说贝比只要出点意外，莫尔斯只能空欢喜一场，丧失继承权了。为此，去年姑母去世后，莫尔斯辞去工作，在家专门伺候那只叫贝比的狗，生怕它出一点意外。

说到这里，莫尔斯对"绑架者"说："这一年来我没去工作，已经负债几万元了。我现在只有这个儿子了。我实在拿不出一百万元，如果你肯放回我儿子，我情愿卖掉房子，把所得款全都给你。"

"看来你比我还穷。"电话那头听完莫尔斯的叙述，声音软下来，"我也说实话吧，去年我的儿子被人绑架了，我竭尽全力凑了五十万才赎回儿子。现在负债累累，被讨债者逼得迫不得已才想出这么个办法，以为你为找一只狗肯出十万，为了儿子拿出一百万肯定没问题，谁知会是这么个结果！我只想找个大富翁匀几个钱花花，花你卖房子的钱，我于心何忍呢？”电话那头叹了口气说，“还不如干脆做回好人，放回你儿子。”

莫尔斯简直不敢相信自己的耳朵：“真的？”

“不过，以后你真的成了阔佬，我会找上门的！”电话挂断了。

过了两个多小时，儿子小汤姆真的回来了。儿子说那天一位送狗来的人说贝比在他家里，让他去认一认，不料出门上了一辆汽车就被蒙上了眼睛。这两天一直被蒙着眼睛，也不知被带到了哪里。莫尔斯抱住儿子，百感交集，他当即决定带儿子去找姑母的律师，放弃遗产。

“什么——”律师听了莫尔斯的话，惊讶得差点掉下眼镜。

“是的！”莫尔斯坚定地点点头，紧紧搂着儿子小汤姆，“这一年来为了这只狗，我失去了工作，失去了同事、朋友，还差点失去儿子。我不想像姑妈那样，虽然有钱，但却孤孤单单，毫无生趣。我以后不再为这些钱去伺候一只狗，浪费自己的生命了。我要过全新的、有意义的生活。现在请你一起到姑妈墓前，我要烧毁这份遗书。”

几个人来到郊外一处僻静的墓地，找到了莫尔斯姑妈的坟墓。跑在前面的小汤姆突然尖声叫道：“贝比！爸爸，贝比在这里！”

莫尔斯和律师急忙走过去，只见那只叫贝比的狗静静地躺在墓碑前，已死去多日了……

（编译：刘六良）

（题图：魏忠善）

沈经理找儿子

一封来信，震惊经理心

八月，正是建筑施工的黄金季节，建国建筑工程公司总经理沈建国从早到夜忙得团团转。就在这时候，他的女秘书给他送进来一封来自朝阳县兰家沟村的挂号信。

沈经理今年四十八岁，二十七年前曾在兰家沟插过队，不过回来以后就没了联系。今天乍一接信，就愣住了，再拆开一看，竟震惊得电话铃响了半天都没听见。

事情得从头说起。这写信人叫李春香，二十多年前可是兰家沟十里八屯最漂亮的姑娘，沈建国当时和另外三个知青就住在她们家西屋。有一天，李春香牙痛，痛得吃不好饭睡不好觉，腮帮子肿得老高。沈建国知道了，连忙送过去一碗大米稀饭，外加两片止痛药。没想到，就这碗稀饭和两片药，不但止住了李春香的牙痛，还换来了一个纯情少女的芳心。从那以后，这位贫下中农的女儿舍出命来悉心关照着沈建国，沈建国也渐渐喜欢上了李春香。不过，沈建国的头脑很冷静，他时时提醒自己：两个人的关系，千万不能再朝前走了。因为结了婚就不能回城，而要他一辈子留在农村，这简直是不能想象的事。但人毕竟是有感情的呀，李春香对他那么温柔，那么体贴，他怎么会无动于衷？于是两个人终于走到了一起。

说起来也是又巧又不巧的事。两个人新婚蜜月只过了一半，知青大返城开始了，沈建国还没尝够新婚燕尔的柔情蜜意，顿时就跌入了烦恼绝望之中。李春香痛定思痛，执意要和沈建国办离婚手续，她和千千万万个善良忠厚的良家妇女一样，把痛苦和磨难留给了自己。

就这样，沈建国随知青返城大军回到了城里，并且在城里组织了新的家庭。从那以后，他就和兰家沟断了音信来往。可是没想到一晃二十多年后的今天，李春香会突然来信告诉他，他曾经在兰家沟留下了一个儿子！李春香在信中说，儿子叫沈扎根，现在也在城里打工，而且就在他的建国建筑工程公司；儿子发誓要挣回一万元钱回家，可干了三年多，才只挣了两千元。信的末尾这样写着："扎根好累好苦啊，看在他是你亲骨肉的分儿上，你帮他找一个挣钱多又能学手艺的活儿吧！"

手里捏着这封信，沈经理陷入了窘境。他想想自己很早就从国营企业跳出来搞个体经营了，由于胆子大、脑筋活，加上又不怕苦、肯出力，所以这十多年下来，他的企业已由原来十几个人的修修补补，发展到现在拥有固定资产几千万元、固定员工一百多人的全省最大一家私营建筑工程公司了。自己的一举一动在省里已颇有影响，如今突然冒出个在自己公司打工的儿子，别人会怎么议论？不过，说句心里话，沈经理心里倒也涌动着一阵窃喜。为啥？他后来的妻子虽说对他一样的温柔体贴，可就是一直没有孩子，前些年创业没心思东想西想，这几年自己年纪大了，资金财产也越来越多了，但他总觉得心里空落落的。现在李春香来信说他有个儿子，虽说分手多年，他相信李春香的为人，这个儿子一定是他沈经理的，不管今后怎么样，这份辛辛苦苦创下的家业总算也有人继承了，沈经理心里还是感到了安慰。

眼下的关键是，怎么先把儿子找到。不得了，一下就是二十多岁了，他长的是个什么样呢？能出来打工，身体一定很好，就是不知道脑袋聪明不？公司员工分布在三个工地，他会在哪个工地上呢？沈经理拿起大哥大，想通知人事部帮他查一下，可电话接通了，他又把大哥大放下了。电视剧《孽债》刚刚放过，我这么贸贸然叫人事部去查，就是不把事情讲明，人家也不会不用脑子去想呀！以后我这脸往哪儿搁？妻子再贤慧，难保她能接受这个事实，万一闹起来，我岂不是猪八戒照镜子——里外都不是人吗？

想来想去，沈经理觉得还是稳妥点好，先把儿子认出来，安排他一个好工作，然后找个机会体体面面把他介绍出来，该有多好！想到这里，沈经理便马上提起笔给李春香写回信，要求李春香赶快来封信，说明儿子有啥特征，有啥爱好，最好再寄一张近期彩照来。沈经理在信上写道："扎根在我这里就等于掉在钱堆上，掉在蜜罐里，你尽可放心。"

果然，不几日，李春香回信了，告诉他说："扎根五岁时就比炕沿高，17岁时就只比门框矮三个手指头。这孩子额头、鼻子、嘴巴特像你，干活爱咬牙，睡觉好放屁，右腿上还有一块疤，现在就在你们工程队干活。兰家沟现在还很穷，哪有啥近期彩照啊，你儿子考中学是张一寸黑白照，考高中还是那张一寸黑白照……"

沈经理看完信，长吁短叹，坐卧不宁。李春香啊，你真是死脑筋，为啥不早点给我来信呢？扎根身高至少一米七八，说明长得很好；既然考过高中，智商也不会差；就是太穷了，连张彩照都拍不起！唉，白白给耽误了哇。扎根呀，爸对不住你呀！爸一定要尽快找到你，舍出一切来补偿你。

私访工地，惊煞两人魂

第二天一大早，沈经理借检查工作为名，自己开了车子，一个一个工地寻起儿子来。一连跑了两个工地，没有结果，当他跑到第三个工地时，已近正午，民工们正陆陆续续放下手里的活儿，聚拢来吃饭。

第三施工队队长石兴旺不在，副队长一看是沈经理来了，立马笑脸迎了上来。沈经理当然不会告诉他此行的真正目的，笑着和他打了个招呼，就一边听他介绍工地这几天的施工情况，一边仔细观察着那些吃饭的民工。只见这些民工个个衣服破旧，人人面容疲惫，沈经理凑上去，故意和他们拉起了家常。好在沈经理平时架子不大，跑工地也是常事，所以这一切在副队长眼里，倒也显得很自然。

一聊，巧了，这些民工中，有五个就是从朝阳县兰家沟来的，而且兰家沟就来了这五个人，都在一个工地。霎时，沈经理浑身血液沸腾，这五个人中，有一个就是他的儿子，你说他心里能不激动吗？

沈经理用充满爱怜的眼光打量起这五个民工来，他们全是清一色的小伙子，年龄都在二十岁上下，个个儿黑黑瘦瘦。沈经理左看右看，也没看出谁身上有自己的影子。他眼光一扫，哎呀，一阵惊喜：那个个头最高的小伙子，脚上穿露脚趾头的胶鞋，裤腿高高挽过膝盖，果然，他的腿上有块疤。

“你姓沈吧？”沈经理拼命抑制住要当父亲的冲动，装出一种十分随便的样子问，“你小子睡觉一定爱放屁吧？”

小伙子回话说：“我不姓沈，我姓李，叫李福才，我们家只有毛驴睡觉爱放屁。”

“哈哈！”工地上一阵哄笑。沈经理心里不免一阵失望，说：“我其实是随便问问，我以为你是沈扎根呢。”

“噢，你问沈扎根，”李福才说，“这个人命太苦。他其实是当年知青留下的种，可他那个王八犊子爹回城以后还会想得到他？全靠他妈一个人把他带大。苦虽苦，扎根这小子脑瓜可真灵，读书一直是第一名，那年大学也考上了，他妈四处给人磕头，想借钱供扎根上大学，可咱兰家沟穷啊，村里人七拼八凑，也凑不齐一千元钱，他读书的事就这么眼睁睁地看着黄了。”

听到这里，沈经理只觉着眼泪围着眼眶转，心里就像被锥子挖了似的难受：“那他现在在哪儿？”

李福才刚要说，另一个民工却抢过话茬告诉沈经理：“扎根在那儿呢。”说着用手一指。

沈经理一看，那里是工地施工队长的办公室。“在那里上班？”

“差不多吧。”

“是吗？我去看看。”

沈经理兴冲冲地走过去，刚推开门，只听“汪汪”一阵狂叫，从屋里冲出一只高大凶猛的大狼狗来。沈经理毫无防备，“妈呀”一声跌坐在地上。

就在这时候，施工队长石兴旺骑着一辆红色本田256摩托车飞奔而来："谁他妈的这么没规矩，逗啥狗哇？妈拉巴子的！"

石队长停下车，见从地上爬起来的是沈经理，惊得一时不知如何是好："哎呀，沈经理，怎么会是您呢，您今天下工地怎么不事先给我来个电话呢？"

沈经理惊魂未定，指着狗恼怒地问石队长说："这是咋回事？工地上咋能养狼狗呢？你想干啥呀？"

"哎呀，"石队长连连给沈经理解释说，"沈经理，真对不起，狗是我养的，这也是没办法呀，现在打更的、打工的，几乎个个是他妈的贼，扳手、钳子、木头、电线……说没就没了，有条狗看着，他们就不敢放肆。再说，嘿嘿，我平时工作上管得严，得罪了不少人，老有人想暗算我呀，大狼狗与我形影不离，也顶上个保镖哩！"说到这里，石队长发现沈经理今天神色有点不对头，连忙打住话头，舌头一转，问道，"沈经理，您今天下工地，莫不是有啥事吧？"

"你们队工程质量下降，市监督站老来通报，我着急呀。你们队的沈扎根在哪儿？"

"您找他干啥？"石队长反问道。

"他是我儿子。他在哪儿？"沈经理一着急，把实话给漏了出来。

石队长顿时惊得目瞪口呆："沈经理，您……您是在跟我开玩笑吧？"

沈经理这才发现自己说漏了嘴，心里懊悔得不得了，但是话已出口，收也收不回来。他扭头一看，见兰家沟的那几个小伙子都伸长脖子朝这边望，忙把石队长拉进办公室，叹了口气，说："唉，老石呀，不瞒你讲，我在兰家沟插队时候留下一个儿子，当初自己也不知道，想不到眼睛一眨，今年已经二十一岁了。这也是孽债呀，你可得替我保密。"

"是，那是。"石队长一边擦着脸上的汗珠，一边应着。

“沈扎根现在在哪儿？”沈经理焦急地问道。

只见石队长紧张得脸红一阵白一阵，吞吞吐吐地说：“他……他不在。”

“怎么不在，兰家沟民工不是说他在工地办公室上班吗？”

“啊，对对，是在办公室上班，我提拔他当材料员，他，他到唐山陶瓷厂买瓷砖去了。”

“不对吧？”沈经理摇摇头，“看你慌慌张张的样子，一定是有啥事瞒着我吧？现在主体工程还没完工呢，你忙着进瓷砖干啥？”

石队长一抹脸上的汗水，说：“沈经理，我哪敢有事瞒您呀，我是被您的故事感动了。沈扎根真的是上唐山去了，最近瓷砖价格不是便宜下来了吗，能省一大笔钱呀！他是和刘会计一起去的，不信您可以去查。”

“那好，等他回来，你立刻带他到我办公室来。记住，你得替我保密。”

“是，是，我懂，我懂。”石队长鸡啄米似的直点头。

沈经理一甩袖，走了。沈经理一走，膀大腰圆的石队长突然就像一摊泥似的瘫在了椅子上：“完了完了，咋这么巧啊，沈经理的公子咋会在我手下打工，唉，这可咋办哪？”

民工叙说，方知儿真情

一晃一个星期过去了，这一个星期中，沈经理一共给石队长打了八次电话，询问买瓷砖的沈扎根回来没有。石队长每次都说“没有”，不过他拍着胸脯请沈经理放心，他说：“您的儿子就是我的儿子，扎根不会出事的。”石队长的语气十分肯定，可越是这样，沈经理心里反而越没底。

这天下午，沈经理又到第三施工队的工地上去了。石队长不在，副队长说不清楚石队长到哪儿去了，已经有两天没在工地了，事先也没打过招呼。沈经理一听，心里不免疑惑更大，总感觉这里有问题。他在工地上转了一圈，没什么消息，正准备开车回公司，突然从工棚拐角处闪出一个人来，他说他知道沈扎根在哪里。沈经理一下就想起来了，这个人就是第一次向他介绍扎根情况的李福才。沈经理心里一紧，忙问："他在哪儿？你快点说。"

李福才很紧张地四下瞅瞅，说："这里说不行，换个地方吧？"沈经理便叫李福才上了他的车子。"呼——"只见小车开出工地，朝市区相反方向开去，一路上，李福才便把沈扎根的情况告诉了沈经理。

原来，扎根是个很有心计的人，干的虽然是力气活，但他经常偷着学砌砖、学电焊、学木工，他想学点手艺能多挣钱，减轻他妈的负担。半个多月前的一天，扎根在偷偷学抹灰，被石队长看见了。石队长这个人平时为人就霸道，看他们都是从穷地方出来打工的，简直不把他们当人看，动不动就把他那条狼狗放出来吓他们。这天，石队长叫扎根下来，扎根干得太专心了，没听见，下来慢了点，石队长大发脾气，操起地上一根木板条就朝扎根身上捅。扎根也急眼了，说他是"法西斯"，这一来得罪了石队长，石队长就放出大狼狗咬人。当时好多人都在场，扎根逃到跳板上，情急之中拾起砖头就朝大狼狗身上掷。这还了得，石队长找来他的亲信，拖下扎根就没头没脑地打，打得扎根浑身上下都是血，动都不能动。后来，他们就把他拖到办公室后边那个工棚里去了。

随着李福才的叙述，沈经理的脸色越来越难看：石队长搞的什么鬼？这几天人都不在工地，没准把扎根打死了吧？想到这里，沈经理一个刹车，调转头，车子又朝来路开了回去。

转眼，车子开到了工棚门口，沈经理刹住车，打开车门跳下去，冲进工棚一看，里面除了一堆草袋子，什么也没有。沈经理有些慌乱，指着草堆，对跟在后面的李福才说："快把草袋子翻个个儿，看看里边压着人没有。"边说边就自己动手翻了起来。

一翻，可不得了，人是没有，但最下面的那些草袋看上去确实像有人躺过，上面还有血迹脓水。"妈的，他把我儿子藏哪里去了呢？"沈经理立刻拿起大哥大，拨通公司电话，叫秘书找石队长马上来见他。

几乎就在这同时，沈经理的 BP 机叫了起来。沈经理拿起一看：沈经理，请往 257698 打电话，石兴旺。

哼，你这个兔崽子！沈经理气狠狠地拿起大哥大就把电话拨到了石队长那里，"姓石的，你别给我兜圈子，扎根现在到底是死是活，你老实告诉我。"

只听石队长在电话里说："沈经理，您放心，扎根现在没事。这样吧，现在已经吃晚饭了，您到夜巴黎酒家来，咱们边吃边谈好吗？"

沈经理觉得石队长还在跟他耍花招，但是没办法，儿子在他手里，他只好放缓口气，说："好吧，我现在就来，你不要走开。"

李福才一听石队长请沈经理去夜巴黎酒家吃晚饭，吓得面孔发白："沈经理，求求您，这事儿您可千万不能说是我告诉您的。"

沈经理拍拍他的肩，说："我咋会那么傻呢！你放心，我不会忘记你的。"

李福才这才放下心来，便和沈经理打了个招呼，自己悄悄回工地去了。

于是，沈经理便驾车直奔夜巴黎。果然，石队长在酒家门口恭候着，看他的表情，平静中带着一点谀媚。看来，扎根应该不会有啥大问题，沈经理这才稍稍松了一口气。

沈经理随石队长走进一个漂亮的雅间，石队长客气地说："沈经理，您坐，您坐，我把沈扎根的一切都给您实说吧。”还没开始上菜，他便一五一十给沈经理说起了他的儿子沈扎根。

原来李福才告诉沈经理的，句句都是实话。沈扎根当时确实被关在办公室后面的工棚里。石队长解释说，那天，沈扎根私自串岗学抹灰，让他碰上后，他怕这帮民工一个个都跟着学，翅膀长硬以后就难管了，所以就想给沈扎根点厉害瞧瞧，也借此事来个杀一儆百。可他做梦也没想到，这个沈扎根居然会是沈经理的儿子，这不是老虎嘴里拔牙吗？石队长胆子再大，也不敢在这个时候把遍体鳞伤的沈扎根交给沈经理呀。所以那天沈经理一离开工地，石队长就叫几个心腹一起，亲自把沈扎根送进了医院。他们不惜重金，请医院里调集最好的医生，用最好的药，像侍候老太爷似的照顾着沈扎根，直到这几天沈扎根的伤势明显好转了，他才把沈经理约到夜巴黎酒家来。他本想自己在酒桌上把这件事说清楚，当面向沈经理请罪，哪里料到会有人去向沈经理告密。沈经理对这桌酒席根本不感兴趣，石队长还没解释完呢，他就甩手站了起来，说：“你废话少说，快点带我到医院去。”

巧妙安排，医院惊相认

且说心急火燎的沈经理在石队长陪同下来到医院，沈扎根正睡着哩，沈经理站在扎根的病床前大气都不敢出。

石队长讨好地说：“你看，他睡得多香。”

“扯蛋！”沈经理狠狠瞪了他一眼，“那是药催的。我儿子要是留下什么后遗症，看我怎么收拾你。”

沈经理俯下身，仔细端详着儿子的脸。整整二十一年了啊，儿子突然出现在自己眼前，此刻，沈经理的心情真说不出是紧张还是慌乱，是激动还是歉疚。只见沈扎根头上缠着纱布,脸面部分倒总算没什么伤痕。

石队长凑上来,压低声音对沈经理说:“沈经理,您看看,扎根那鼻子,那嘴唇，那下巴，简直跟您一模一样啊。”

也许是沉浸在对儿子的关切之中，沈经理的口气缓和了许多，他叹了口气，摆摆手说：“你也别忽悠我了，你当时手下留情就啥都有了。儿子是找到了, 可我毕竟欠了他二十多年的债, 你说, 他能认我这个爹吗?”

“认，认，肯定能认。”石队长的口气简直不容置疑，“扎根上哪儿去找您这样的爹呀。我替您喊醒他。”

“别别，”沈经理一把拉住石队长，“让他多睡会儿，咱们别吵醒他。”

时间一分一秒地过去了，沈经理站在儿子床前整整有四十分钟，他越看越觉得儿子太像自己了，认子心切使得他再也憋不住了，附着儿子的耳边轻轻喊着：“扎根，扎根……”

石队长好像比沈经理更着急，他大声喊道：“扎根，沈扎根！”

沈扎根慢慢睁开眼睛……

石队长一脸媚笑，说：“沈扎根，你爹来看你了！”沈扎根直发愣。

沈经理急忙表白道：“扎根，我是沈建国，我是你的亲爹呀！”

“扎根，”石队长在一旁证实说，“他就是咱们公司的总经理呀，了不得呀，他真是你爹，你小子可真有福啊！”

沈扎根瞅瞅石队长，又瞅瞅沈建国，突然坐起来，惊恐地喊道:“你是人是鬼? 我没爹，我爹早就死了。你们想干啥? 我爹死了，我爹早死了，你们给我出去！”

沈扎根大喊大叫，可能是感情冲动崩破了伤口，鲜红的血从他头上裹着的纱布里渗了出来。石队长一看，连忙拉着沈经理退出了病房。

沈经理做梦也没有想到，父子相认会出现这种局面。石队长小心翼翼地说："都是我的罪过，打得太惨了，这孩子精神也有点错乱。"

沈经理摆摆手："唉，要怪只有怪自己了，二十多年没见面了，突然冒出个爹来，他能接受得了吗？"

石队长感动地说："不不不，沈经理，我有责任，我只想早点治好他的伤，没事先向他'吹吹风'，让他有个思想准备。我看应该把他妈请来，让他妈给他说明白了，他才能认您这个爹。"

"你以为我没有想到过吗？前几天我特意去了趟兰家沟，他妈的意思只是让我关照他，并没有让我认这个儿子。唉，想当初扎根妈待我确实不错，可我总不见得现在与她复婚吧？那这边不就乱套了吗？"

"那您就悄悄关照扎根呗！"石队长体谅地说，"这样吧，沈经理，让扎根认您的事交给我去办，您给我一个将功补过的机会。我差点没把您儿子打死，我不立点功，对不住您呀，我也没脸再在您手下干下去了。"

沈经理前后左右仔细想了想，身边确实也没个合适的人可以帮他这个忙。再看石队长，再怎么说，总算还有点人情味吧，凭自己的身份、地位，石队长现在想将功赎罪巴结上来也是可以理解的，何不利用利用他呢？想到这里，沈经理便拍拍石队长的肩，说："行，反正我儿子的事好坏都是你干的，你就干到底吧，到时候，我可要儿子体体面面地认我这个亲爹哟！"

从这以后，石队长便三天两头向沈经理报告扎根的情况，服啥药，打啥针，睡几小时觉，吃啥饭菜，都讲得详详细细。如此半个月之后，石队长终于兴奋地向沈经理报告说，沈扎根回心转意，同意来认他这个亲爹了。

沈经理一听，高兴万分，马上要石队长带沈扎根来见他。果然，一刻钟之后，沈扎根跟着石队长走进了沈经理的办公室。沈经理看见打扮一新、仪表堂堂的儿子就站在自己面前，兴奋得简直有点手足无措了。

石队长推了一下沈扎根，说："他就是沈建国，沈经理，全省闻名的私营企业家，是你的生身父亲。"

看来石队长的工作做得相当深入细致，沈扎根此刻已经泪流满面，他颤动着嘴，和沈经理足足凝视了有三分钟，终于喊出了二十一年来的第一声："爸——"父子俩抱头大哭，哭得连石队长都红了眼圈。

接下来，父子俩各自谈了些自己的情况，沈经理歉疚地对沈扎根说："你妈把你养大不容易，我身为你的父亲，实在对你有愧啊！现在你既然到城里来了，又正好在我的公司里打工，这说明我们父子有缘。我现在没孩子，这么大一份家业，今后你就是我的继承人了，好好跟着我学吧。我已经给你买了一套三室两厅的房子，喏，这是钥匙。"他边说边从办公桌上拿起两把钥匙，交到沈扎根手里。

沈扎根一时激动得不知说什么好，两只眼睛"扑棱扑棱"直瞪着石队长。

沈经理拉着他的手，抚着他的肩，语气沉重地说："扎根，我另外还准备了三十万元钱，作为对你母亲的一点补偿，什么时候你回去看看她，把我的这点心意一起带去，就说，我对不起她。"

"哎呀！今天你们父子相认是喜事，还说什么'对得起'、'对不起'的话嘛！"石队长在一边嚷了起来，大概是他的马屁总算拍到家了，所以兴奋得满面红光，"沈经理，今晚您可得好好请客啦！"

"我请客，我请客！"沈经理满脸都是笑容，随即就让秘书给他在城里最有名的"大富豪"酒家订座，他要设宴为儿子沈扎根接风，也算是对石队长将功赎罪的回报。

母亲上门，儿子现原身

沈扎根和沈经理父子相认的消息很快就在公司上下传开了，这事儿最终当然也瞒不过沈经理的夫人。但出乎沈经理意料的是，沈扎根居然和沈夫人关系处理得很好，夫人对沈经理说："只要你不和李春香复婚，这个儿子我就认了。"

沈经理没想到原以为很棘手的问题就这么风平浪静地解决了，所以对夫人的要求满口应诺，对儿子沈扎根也越发喜爱。

转眼树叶飘落，天气渐冷。这天上午，沈经理正在会客室接待一个客户，他的秘书匆匆忙忙地跑来，说是他妈找他来了，正在办公室等他。

沈经理自小就没了妈，所以一听秘书说妈，就知道是丈母娘找他来了。奇怪，这个时候找到公司来，莫非是夫人出了什么事？待把客户送走，沈经理三步两步回到自己办公室，一看，大吃一惊，哪里是什么丈母娘啊，分明是他在兰家沟时的前妻李春香。

原来李春香是找儿子来的。她闯进建国建筑工程公司办公楼，就被沈经理的秘书拦住了。秘书问她："你找谁？"

李春香正在气头上，便大声说："找沈建国。"

秘书将信将疑地打量着她，又追问了一句："找我们总经理干啥呀？"

李春香嚷道："找我儿子！"

李春香在兰家沟又当爹又当妈，里里外外吃苦受罪，活都要自己干，她虽然只比沈经理大一岁，可头发早白了，满脸皱纹，皮肤皱巴巴，双手净是老茧，又是一身地道的农妇打扮，秘书自然就以为她是沈经理的老妈啦！

沈经理没想到李春香会找上门来，此刻，一对二十多年前的知青夫妻，就在这样的场合下见面了。一个是富态的大经理，一个是穷瘪的黄脸婆，两眼对两眼，李春香心里只有儿子，而沈经理想的却是自己：看现在李春香这副样子，可千万不能让公司里的人知道她的身份啊，否则，我以后还怎么做人？于是，他急忙把办公室的门关上，气愤愤地问："你咋来了？不是都说好了的吗，扎根在我这儿挺好，那三十万元，我也让扎根给了你……"

"嘿嘿！"李春香一阵冷笑，"啥三十万元？我可是一分钱也没拿到过啊！你把我儿子藏哪儿了？你想要什么花招？你还我儿子！"

沈经理以为李春香这是在耍赖，分辩道："我耍啥花招？三十万元哪，我也算对得起你了，扎根不是都给你了吗？"

沈经理说得很认真，李春香不禁愣住了："扎根啥时给我了？我都快一年没见着他了。我给他写信，问他咋的了，可回的信不是他的笔迹。前几天，和他一起在你们公司打工的李福才回兰家沟，我问他看见扎根了吗，他说扎根让队里一个姓石的队长打了，好几个月也没见他影，不知道他人到哪里去了。"

沈经理这才松了一口气，说："石队长打扎根是有这件事，可那时石队长不知道扎根是我的儿子。现在扎根跟着我，以后这个公司还不是他的？"

李春香摇摇头："我不信。"是呀，不亲眼看到儿子，她怎么能相信！

沈经理不与她多话，拿起电话，叫秘书把沈扎根叫来。他知道，这会儿沈扎根正在销售部办公室，帮他查一份资料。

不一会儿，沈经理办公室的门就被推开了，沈扎根一步跨了进来。但奇怪的是，沈扎根和李春香两个人大眼瞪小眼，谁也不认谁。

沈经理觉得奇怪："扎根……"

李春香一听“扎根”，愣了愣，急忙奔过去，从头到脚仔细瞧了瞧，忽然转过身来，疯了似的冲着沈经理喊：“你唬我！你以为替他梳了洋头，穿了洋服，就能唬住我了吗？他不是扎根，不是扎根！扎根哪有这么大的鼻子啊！扎根哪有这对贼溜溜的眼珠子呀！还有这耳朵，扎根的耳朵和你一模一样，又肥又大，你看这是啥耳朵呀，都贴在一块儿了……”

“啥？他不是扎根？”沈经理也愣了。

李春香哭着嚷道：“你还是他亲生父亲呢，你的眼睛瞎啦？就是瞎了，你也得摸摸他腿上有没有疤呀，我不是跟你说明白了吗？哎哟我的天啊，你把我儿子藏哪儿了？”

这么叫着嚷着，可就把全公司的人都惊动了，大家好奇地打听着，议论着。

沈经理惊讶得张大嘴巴，瞪着假扎根，一时说不出话来。愣了一会儿，他才冲过去，拽住他的衣领子吼道：“你是谁？说，你到底是谁？”

这时，假扎根已经吓得脸色发黄，大汗淋漓，抖着身子喃喃道：“我说，我说，我是石兴旺的儿子……”

针锋相对，亲人终相逢

原来，石队长得知沈扎根就是沈经理的儿子后，魂差点没吓丢了，他强作镇定打发走了沈经理后，就急急忙忙去了办公室后边那个工棚。沈扎根伤势很重，连续几天没人给饭吃，没人给水喝，加上又是苍蝇叮蚊子咬的，伤口化脓流血生了疮，他缩成一团，躺在工棚角落的草袋子上，已经昏迷不醒、气息奄奄了。

石队长十分害怕，忙叫来亲信，将沈扎根送进医院，他想等治好了沈扎根的伤，然后再向沈经理坦白此事。沈扎根住院期间，他天天去医院探望，又送水果又送糕点，总算上帝保佑，沈扎根的伤好得很快，眼看就可以出院了。这一天，石队长从医院回来，不知怎么的，忽然觉得沈扎根的模样、身材、年龄和自己的儿子差不多。财迷心窍的石队长倏地闪出一个鬼主意来：沈经理二十多年从没和沈扎根见过面，我何不让我的儿子顶替沈扎根呢？他现在腰缠万贯，我乘机骗他一笔钱财。反正我这次就是把沈扎根还给他，他以后也不会再重用我了，不如敲他一记，然后溜之大吉。于是，石队长把工地上的事全推给了副队长，他自己则动足脑筋，去悄悄调查沈扎根打工前在兰家沟的情况。方方面面都准备得差不多了，便说服儿子假戏真做，答应事成之后由客户中的外国老板担保，送他出国啃洋面包去。与此同时，石队长又把真正的沈扎根送到八百里外的一个小煤窑里，明着说是让他下井背煤挣大钱，实际上是叫心腹将沈扎根严密看管一段时间，省得坏他的大事。果然，找儿心切的沈经理轻易地就中了石队长的圈套，更令他们父子欣喜若狂的是，沈经理居然良心发现，要假儿子给李春香三十万，这笔钱自然落入了他们的腰包，李春香哪里会得到一分一厘呢？贪欲使石队长父子俩根本无所顾忌，他们知道公司最近有一幢新楼要出售，便算计着把卖楼的现款拿到后就逃之夭夭。刚才，假扎根到销售部办公室，名义上是帮沈经理查一份资料，实际上是催他们加快售楼进度，哪料售楼计划刚刚完成，广告还没发出呢，真扎根的妈妈竟会从兰家沟远道而来，一场精心编设的骗局顷刻之间就真相大白。

沈经理听罢气得要死，但毕竟当经理多年，关键时刻他拿得起放得开，有主意有办法。他冷静下来，立刻命令手下将石队长儿子拉出办公室，严加看管起来，然后叫秘书给石队长打电话，说是公司开会，要他马上过来商量事情。沈经理准备不动声色地先把石队长“请”到公司来，然后再严惩父子俩，追回三十万。

沈经理坐在那里，面孔气得铁青，李春香则急得双脚直跳，含辛茹苦养大的儿子，到底现在打没打坏，饿没饿着？她一把鼻涕一把眼泪，一步冲到沈经理跟前，哭着嚷道：“沈建国，你还真坐得住啊，扎根让石队长这个没人性的弄到煤窑做苦力了，你快点去找啊，你还我儿子呀！”

沈经理正要等石队长来跟他算账，见李春香又哭又嚷，只好劝她说：“你先不要激动，骗我钱财、伤害你儿子的罪魁祸首是石队长，他一会儿就过来，我们只有抓住石队长，才能找到扎根啊！”没办法，李春香只好在沙发上坐下来，耐心等石队长到公司来。

一刻钟过去了，又一刻钟过去了，再一刻钟过去了……就是不见石队长的影子。李春香坐不住了：“沈建国，你还等什么啊？你赶紧派人去抓啊！”

沈经理也感到事情有点不妙。就在这时，电话铃急促地响了起来，他抓起听筒，打电话的竟是石队长。

原来心怀鬼胎的石队长在工地上接到沈经理秘书打来的电话，就觉得有点奇怪，公司很少在这个时候开会，会有啥事呢？于是他就给其他两个工程队长打电话，问他们接到公司的会议通知没有。那两个队长正在工地上忙着，对公司正在发生的事一无所知，自然被问得莫名其妙。狡猾的石队长便又给儿子打电话，儿子的电话不通，石队长觉得事情不对头。就在这时，公司一个哥们儿悄悄给他来了个电话，石队长这才知道坏事了。他眼珠一转，决定主动出击。

石队长在电话里说：“沈经理，你想找回你的儿子一点也不难，但必须放回我的儿子。”

沈经理回答他:“这事儿也一点不难，你三十万元一分不少地还给我，我就把儿子给你。”

石队长绝不是省油的灯，沈经理的回答本在他意料之中，他说:“这不可能，那三十万元本来就应该属于我。你好好想想，没有我石兴旺领着工程队的人汗珠子摔八瓣，一年一年拼命地干，你能得到这么多利润吗？三年净赚三百多万，你瞒不过我，可你给了我多少？”

“石兴旺！”沈经理在电话那一头叫了起来，“我对你不薄，你为什么这样对我？这三十万你必须老老实实还给我！”

“哼！那你就休想见到你的儿子。”

话筒里一阵沉默。僵持了三分钟，沈经理憋不住了，只好让步说:“好吧，姓石的，你听着，算我沈建国少赚了三十万，现在你告诉我，我儿子到底在哪里？”

石兴旺一听沈经理同意私了，“嘿嘿”笑出了声:“这就对了，你的儿子现在很好。这样吧，明天下午三点，我们在东郊大桥底下交换我们的儿子。”“啪！”电话挂断了。

沈经理垂头丧气地放下电话，把事情简单给李春香说了说。李春香一听就叫起来:“干吗要等明天啊，这个姓石的肯定不是好东西。不行，你今天非得给我把扎根找到不可。”这话倒也提醒了沈经理。仔细一想，李春香讲的不是没有道理。他朝深里想了想，事情闹大了，没有公安局的帮忙，怕是收不了场。于是他立刻拨通了公安局的电话。

事情还真让李春香给说着了！石兴旺主动给沈经理打电话，确实是缓兵之计。这个凶狠、贪婪、狡猾的石队长，见大势已去，竟不顾儿子、老婆，提了三十万元现金就准备一个人逃之夭夭。那个电话其实是他在火车站上车前半小时打的，他就怕沈经理报案，想故意答应交换儿子，给他一颗定心丸吃吃。没想到沈经理报案及时，公安局行动迅速，火车还没开，石队长就被抓获了，沈扎根当然也找到了。

在公安局的陪同下，沈经理和李春香驱车八百里，赶到那个小煤窑。这是个私营小煤窑，荒凉的山沟里有一个不大的洞，那就是采煤的井口，没有电、没有设备，绝大多数工人都是被骗来的，每班二十几个人，轮流从井下用筐往上背煤。看管他们的工头就有五六个人，他们行动没自由，吃喝受限制，简直就是个苦役劳改所。

这二十几个苦力中，有一个就是沈扎根，头发又长又黄，人又高又瘦，衣服脏得跟皮肤一样黑。李春香心疼得哭着扑上去，说："扎根呀，妈对不起你呀，妈没跟你说实话。其实你爸没死，可妈一直不知道他在哪儿，后来听说了，妈写了信，又没回信，妈吃不准，也没敢对你说。扎根呀，原来沈经理就是你的爸呀！快过去喊一声，妈没本事，你以后就好好跟着你爸干吧！"

沈扎根没有动，只是用那双倔强的眼睛扫了一眼沈经理，然后扭过头来，对李春香说："妈，你糊涂了，我没有爸，我爸在我两岁时就死了……"

沈经理显得十分尴尬，想了想，说："扎根，我错了，我对不起你，你可以不认我，但我是建国建筑工程公司的总经理，你现在还是我们公司的员工，我们还有合同，我是来接你回公司上班的，你不会没什么话对我说吧？"

沈扎根又扫了沈经理一眼，拉起李春香的手，轻抚着说："沈经理，你既然二十一年前抛弃了我母亲，那你今天又何必来认我呢？我们兰家沟的生活虽然清苦，但是兰家沟给了我做人的本分。我被毒打，被关押，被送到这里做苦工，我都对自己说：'我要活下去，我一定要咬牙活下去。'

为啥？因为我有一个世界上最伟大的母亲。我出来打工就是想挣钱报答她。这世界上，除了金钱，还有更珍贵的亲情啊！”

沈经理没想到，二十一年没见过面的儿子，初次见面竟会对他说出这番话来。一时间，这位腰缠万贯的企业家竟呆愣在那里，一句话也说不出来。

（崔志安）

（题图：张恩卫）

诺言并非责任、誓约或执着，它更像是一个静默的愿望。

诺言·痴情

n u o y a n   c h i q i n g

一杯苦酒

春江电镀厂青年工人史一松的对象叫丁毓秋，是春江小学的语文教师。两人相爱将近一年，当史一松鼓起勇气向毓秋求婚时，毓秋低头沉思了足足三分钟，才说："除非你答应我一件事……"什么事呢？喏，婚后，每逢毓秋生日，她都要自由支配这一天，史一松得大开绿灯，并且保证不刨根问底。

史一松那颗吊在嗓子眼儿里的心回到了原处，这有什么难的？太容易办到了！于是便干干脆脆地说："毓秋，我答应，百分之一百听你的！"

不久，毓秋与一松结婚了。婚后，两人你依我恋，谁也离不开谁。毓秋对一松更是情深意切，体贴入微。一天，一松上夜班，他离家不久，老天爷下起了毛毛细雨，毓秋忙送去了雨伞；晚上十点，毓秋送去了热腾腾的小笼包子；午夜时分，冷空气骤然南下，毓秋又急忙送去了大衣。

厂里人都说，这对小夫妻的感情比贵州茅台酒还要浓三分，史一松这小子真是福分不浅！每当这时，一松总是满脸得意地说："嘿，这是我们史家祖宗三代积的德啊。"

不过，史一松的内心深处对毓秋有没有不满意的地方？有，问题就出在毓秋的生日上。因为有言在先，每逢过生日，毓秋总是毅然地"闭门推出窗前月"，毫不客气地让史一松离开房间，自己关门闭窗，还把窗帘拉得严严实实，独个儿在里面待上一天。这使一松的心比镇江米醋还酸，他感到毓秋对自己并不信任，一定有什么事情瞒着他。

莫非毓秋的心里另有所爱？莫非有人至今还在暗暗地追毓秋？莫非毓秋的生日之期，恰恰是两人的"鹊桥相会"之时？史一松的脑子里时常生出许多奇奇怪怪的想法，以致每当毓秋的生日快要到时，他就神思恍惚，闷闷不乐。唉，万万想不到当时一时冲动漫不经心地应承下来的事情，竟会给他带来如此折磨人的后遗症，史一松真是哑巴吃黄连——有苦难言。

春去夏来，夏去秋来，毓秋的生日又到了。不过，这一次，当毓秋提出要按既定方针办时，史一松爽快地一口答应。其实，他心里早已有了主意，这一次，他非得把这个哑谜破了！为了这一目标，早在几天前，他就背着毓秋悄悄地在卧室右上角挖了一条缝，这样，只要往楼板上一伏，卧室里的一切就清清楚楚地尽收眼底。

毓秋生日那天，秋高气爽，金风拂面，一大早，她就像春蚕作茧那样，把自己关在房间里。史一松见时机已到，便蹑手蹑脚地上了楼，顾不得一身笔挺的西装，迫不及待地扑倒在楼板上。

小夫妻俩就这样一个在上，一个在下，各司其职。史一松目不转睛地从楼板缝里瞄下去，只见毓秋双眉微蹙，眼睑低垂，默默地沉思着，似有满腹心事。好久，她慢条斯理地脱衣解带，对着大衣橱的镜子，换上了一件色泽淡雅的连衣裙，一双洁白的球鞋，顿时，毓秋变成了身材苗条的女学生，把个史一松看得直纳闷：毓秋这是干什么啊？

不一会儿，楼下的毓秋又忙开了，她把小方桌挪到房间中央，桌旁面对面放了两张椅子，又从提包里取出几样水果，还冲了两杯咖啡。看样子，毓秋准备独自一人清清静静地享受一番。

然而，事情并不像史一松想的那样简单。毓秋又取出了一个小巧精致的镜框，她把镜框在胸前抱了好一会儿，才端端正正地放在桌上；接着，把一杯咖啡放在镜框面前，自己端起另一杯喝了起来，一边喝，一边含情脉脉地注视着镜框，喃喃地诉说着什么。

史一松连忙盯住那个镜框，镜框里是一幅八寸彩照，彩照上是一对青年男女，那女的正是毓秋，身穿连衣裙、白球鞋，小鸟依人般地依偎着男青年；男青年长得面如满月，秀气夺人。史一松差一点喊出声来，这不就是化工厂的技术员宋程吗？为了防止弄错，史一松使劲儿眨了眨眼睛，再一看，不错，千真万确是宋程！

尽管一松对毓秋的生日之谜作过上百种猜测，然而，今天亲眼目睹了这一切，他还是感到一阵昏眩，浑身发起抖来。这时，毓秋的话清清楚楚地传进他的耳朵：“……你送给我的生日礼物，我会永远保存，看到它，我就会想起你说的话，你放心，我会依照你的话去做的……”

此时此刻，史一松恨不得飞步下楼，先把那个晦气镜框砸个粉碎，再要毓秋说出事情的真相。但转念一想，还是强忍住气，决定先不打草惊蛇，眼下第一要紧的是赶快找到宋程，把他扭到这里，这样，人证物证俱在，看两人还有什么话可说。

史一松强忍怒火，轻手轻脚地下了楼，直奔化工厂而去。传达室的老头告诉他，宋程轮到夜班，白天在家休息，接着，又告诉了他宋程家的地址，史一松便飞快地赶往宋程家。

史一松到了宋家门口，闷声闷气地喝道："姓宋的，出来，快出来！"

宋程一出屋，史一松劈胸就把他拉住："姓宋的，你干的好事！"

宋程人高马大、腰圆膀粗，他生气地甩开史一松的手："你是谁？是吃错了药，还是头脑发热？莫名其妙！"

"你当我是谁？告诉你，我是丁毓秋的丈夫！"

"什么丁毓秋丁毓冬的，我根本不认识。"

史一松见宋程装痴扮呆，不由得无名火蹿起三丈高，他猛地一推宋程："装什么蒜？你为什么送她生日礼物？你为什么和她合拍照片？你们的关系发展到什么程度了？别以为我蒙在鼓里，一切我都清清楚楚！"说着，史一松扭住宋程，"走！人证物证俱在，你跟我走！"

不料这宋程好像在听天方夜谭，他哈哈一笑，说："喂，我想你一定学过法律吧？要知道，法律规定诬陷有罪！我根本不认识你妻子，她做的一切事情，与我毫无关系。刚才，你无理取闹了一番，我只当你发酒疯，算了。如果你再闹，我可对你不客气了！"说完，头也不回地进了屋，还把门"砰"地关上了，任凭史一松大敲其门，里面再也没人理睬。

史一松当然不肯罢休，一口气赶到化肥厂，找到厂长，狠狠地告了宋程一状。厂长表示，他们立即派人调查，如果情况真像史一松说的那样，他们定会对宋程作出处理。

史一松回到家里，天已经不早，桌子上放着毓秋留给他的条子，说是自己回娘家去了，明天一早赶回来上课。史一松把条子撕得粉碎，恶狠狠地说："滚！从今以后，我再也不愿意见到你！"

当天晚上，史一松长吁短叹，翻来覆去地在床上折腾着，烟屁股丢了一地，直到天蒙蒙亮，才迷迷糊糊地睡着了。

史一松刚开始做梦，一阵急促的敲门声把他惊醒，有人在粗暴地喊着：“开门，开门！”

史一松阴沉着脸，极不耐烦地打开门，宋程忽地闯了进来，把他劈胸捉住，厉声说：“姓史的，你太缺德了，走，我和你上法院去！”

原来昨天，宋程的女朋友刚巧在宋程家玩，她一字不漏地听到了史一松的话，委屈得差一点昏过去，她骂宋程是一个地地道道的伪君子，哭哭啼啼地非要和宋程分手。宋程百般解释，她女朋友千般不信，刚才，她把宋程送的订婚戒指掷还给了宋程，声称从今以后和宋程一刀两断。宋程又急又气又无可奈何，便怒气冲冲地赶来找史一松算账。

这一下，史家门前可热闹了，史一松幸灾乐祸地说，这是宋程做了昧良心事的报应；宋程则口口声声说自己晦气，碰上了史一松这个活鬼。两人脸红脖子粗地吵得不可开交，一时间，左邻右舍都赶来看热闹。

正吵吵嚷嚷乱作一团，丁毓秋脸色苍白地出现在他们面前，她颤抖着声音对宋程说：“我就是丁毓秋，你们的话，我都听到了。因为事情是我引起的，你的女朋友那里，我会去把事情的真相讲清楚，我想她一定会回心转意的。”说完，便头也不回，跌跌撞撞地往前奔去。

丁毓秋找到宋程的女朋友，流着泪说出了事情的真相。原来，几年前，她曾与宋程的哥哥偷偷恋爱，两人情投意合、心心相印。正当两人沉浸在甜甜蜜蜜的爱河里时，有一个姑娘插了进来，凭她的一张能说会道的利嘴，替代毓秋与宋程的哥哥谈起了恋爱并结了婚，这使毓秋的内心痛苦到了极点，但她咬咬牙忍住了。那姑娘不是别人，正是史一松的同胞姐姐。后来，宋程的哥哥患了绝症，临终前说他对不起毓秋，祝毓秋幸福。这件事，在毓秋的心灵深处留下了不可泯灭的创伤。再后来，她和史一松结婚了，为了不影响亲戚间的感情，她没有提那段往事，她只想在生日那天，悄悄地对死者作一番祭祀。

讲到这里，丁毓秋声泪俱下地说："我自以为我这样做，从来没有影响过别人，也从来没有影响过家庭。一年三百六十五天，我把三百六十四天给了丈夫，只留一天给我自己，难道过分了吗？难道就不允许我有一点小小的秘密吗？"

宋程与女朋友很快地重归于好，但是，丁毓秋却变了，她变得郁郁寡欢、少言寡语，对史一松也比以前冷淡了。

史一松十分后悔，苦果是他一手栽种，事到如今，他只得独自品尝苦酒的滋味了。

（倪国萍）

（题图：胡国强）

救生圈

夏静是个干部，她到省城出差回来，出了车站没见丈夫来接，心里挺纳闷儿：这次和往常一样，事先拍电报了呀？以前丈夫都是提前半小时赶到车站出口攀那排铁栏杆，今天怎么闹“罢工”了呢？

夏静搭公共汽车回到家，掏出钥匙一开门，嗯？门开了条缝就再也拽不动了，里面的防盗链挂着。她的脑袋“嗡”一下就大了，不好！这个时间丈夫不可能在家，准是进去坏人了！她一边抡着拳头砸门，一边扯着嗓子朝屋里喊：“是谁在屋里？你要是再不出来，我可要叫警察了！”

只听见屋里“噼里啪啦”响了一阵之后，走出一个人来，摘下防盗链，打开了房门。夏静抬眼一看，愣了。出来开门的不是别人，正是自己的丈夫陆文奇。只见他趿拉着拖鞋，大白天穿着件睡衣，睡衣带子不知为什么还系了个死扣。他开了门连眼皮也没抬一下，一屁股坐到了沙发上。

夏静几步走到卧室门口，眼睛立刻就睁大了！原来她最要好的朋友沈春兰正坐在床上扣衣服扣子，脸上不知道想笑啊还是想哭。夏静彻底懵了。天哪，这怎么可能呢？丈夫和自己生活快十年了，恩恩爱爱，从没红过脸；自己和沈春兰就更不用说了，那是从小就在一起长大的朋友，两个人好得穿一条裤子都直嫌裤腿儿肥，婚姻大事还是沈春兰最后给拍的板啊！再说了，丈夫是有名的窄心眼儿、耗子胆儿，和女人一说话脸能红到脚趾头，今天他吃了豹子胆啦？

这时沈春兰走出了卧室，吭哧了半天才憋出一句话来："小静，实在对不起你，原谅我吧。"说完一扭头走了。

夏静想了想，过去关好门，然后慢慢走到丈夫面前。"文奇，你没接到我的电报吗？"

"接到了。"

"那么你是故意让我看到这个场面的？"

"可以这样理解。你现在必须接受这样一个现实，我的心里已经没有了你的位置，咱们还是好聚好散吧。"

夏静一动不动地盯着丈夫足足有两分钟，然后晃晃悠悠地走出了家门。

夏静一走就是三天。第四天早晨，夏静回来了，她对丈夫说，这几天自己平心静气地想过了，事情既然已经到了这个地步，分手就分手吧，强拧的瓜不甜嘛！不过，一日夫妻还百日恩呢，十年的感情该多深哪！人家外国有设宴离婚的，有旅游离婚的，有跳伞离婚的，咱们也浪漫一回，今天到飞云水库痛痛快快地玩它一天，然后明天就正式办理离婚手续。

对妻子的提议，丈夫没有反对意见，他们立刻开始收拾东西。就在要出发的时候，丈夫看到妻子拎出一个装得鼓鼓囊囊的大旅行袋，觉得挺奇怪："干吗带这么多东西？"

"两个大活人，还能不吃不喝吗？"

他又看到妻子的自行车货架子上夹着个打气筒，说："咱这儿离水库就十来里地，还带这东西干什么？"妻子微微一笑，没言语。

这是个星期天，到水库来玩的人真不少。有划船的，有游泳的，有钓鱼的，还有躺在大坝上晒太阳的。小两口儿找了块空地，放好自行车。妻子从那个大旅行袋里拿出块塑料布铺在草地上，接着又打开几个罐头，拧开一瓶好酒，"咕咚咕咚"把两个二两二的小瓷杯倒满，然后把其中的一杯递给丈夫，"平时我老不让你多喝，以后再想看你喝酒也看不着了，今天你就敞开量多喝几杯吧。"说完，她"吱溜"一声就抿下去大半杯。

丈夫急忙握住了妻子的手，"不要命啦！你平时看见酒瓶子脸都红，今天这是怎么了？"

妻子没有推开丈夫的手，老老实实地让他握着。"我不像你那么馋，不过喝个一星半点儿也没事。今天咱们开放搞活，你也别欺负我，我喝一杯你喝两杯，包产到户。"

等小两口儿喝得脸也红了，身子也热了，妻子从旅行袋里拿出条游泳短裤递给丈夫，然后又拿出件女式游泳衣。"这都是新买的，快换上，咱们下水去扑腾扑腾。"

丈夫吓了一跳："不行，咱俩都不会游泳啊！"

妻子没有搭腔，从旅行袋里拽出了汽车内胎，然后把打气筒递给丈夫，"有了这人造气垫船，咱们能横渡大西洋。"

丈夫还是不敢下水。妻子眼圈一下红了，"十来年了，你说东我从来不往西。现在眼看要分手了，我就求你这么一件事，你还不答应。"说着眼泪下来了。男人最受不了这个，到这个份儿上，那水车就是油锅也得下呀!

陆文奇先把打足了气的汽车内胎挎到腰上，咬着牙瞪着眼下了水。等水没过大腿他就站住了，“我看咱们别再往里去了，就在这儿扑腾吧。”

这时妻子脸上是阴转晴了，“大老爷们儿，别给咱当领导的丢人好不好？你属泥鳅鱼的呀？就愿意在岸边搅混水啊？”女人这句话，把丈夫的自尊心激上来了，他两腿一收一蹬地忙乎开了，就这样，小两口儿抓住救生圈摇摇晃晃地往水库里漂去了。

陆文奇起初确实打心眼儿里害怕，可是后来看到漂得挺稳当，喝过酒后进到水里凉丝丝的也挺好受，再加上两口子头一次以这样的姿式在这样的环境里紧紧抱在一起，确实挺罗曼蒂克!

他们漂到了水库深处，这里水特别清，清得能看见鱼；这里特别静，静得能听到彼此的心跳声。他们就这么静静地抱在一起，好像一切都凝固了。还是妻子先开了口：“文奇，你说句心里话，究竟为什么要和我分手？”

丈夫慢慢睁开了眼睛：“咱们还是别破坏这良好感觉行不行？”

“不! 今天我到这里来，就是想得到你的一句真话。”

丈夫又闭上了眼睛：“何必呢，你走你的阳关道，我走我的独木桥，各自保重吧。”

这时妻子突然握住汽车内胎的气门嘴，从头上拔下一根发卡，把气门嘴的限气顶针按了下去，“嗞——”内胎里的气一下就被放掉了四分之一! 丈夫还没等反应过来是怎么回事，就看到妻子头一次动了肝火：“咱们一起过了快十年了，为什么就不能和我说句真话？你过去说过，我就是你的命，我也说过，为了你我可以不要命! 今天你要是再不把心里话讲出来，咱们就同归于尽!”她说着手一使劲，“嗞——”又开始放气。

丈夫这时也急眼了，他三下五除二抢过妻子手中的发卡，扔进了水里，接着扯开嗓子，"啊——" 使劲儿吼了一声，然后又重重地叹了一口气，才把事情的缘由说了出来。

原来，这几个月陆文奇老觉得肝区疼痛，吃药打针都不见效。前几天他去省城出差，顺便到医科大学附属医院作了病理化验，结果值班化验员把他当作病人的家属，直接把诊断书交给了他。陆文奇接过诊断书一看，差点儿坐在地上，连十岁的小孩子都明白诊断书上这几个字是死亡的代名词啊，他彻底绝望了！陆文奇也不知道自己是怎么回的家，怎么和妻子胡诌瞎编的，反正他已经下了决心，要自己单独度过这段可怕的时间，不牵累别人。可是怎么才能使爱妻离开自己呢，思来想去只有一条路：让她认为自己已经另有新欢，只有这样才能快刀斩乱麻。于是他找到了妻子最要好的朋友沈春兰，跪在地上流着泪求她，结果演出了那场不是十分高明的风流戏。

妻子听丈夫讲完这些，显得异常地平静，说这些事她早就知道了，因为她离开家的第一天晚上，就和沈春兰躺在一个被窝里谈了个通宵。第二天她俩一起去省城，到丈夫就诊的那个医院，搞清了这个特大"冤假错案"。真是大千世界无奇不有，与丈夫同时作病理化验的，还有个叫陆文齐的患者，不过人家的那个齐，是整齐的齐，不是奇怪的奇。结果丈夫拿回了别人的诊断书，其实他只不过得了轻度肝硬化。

让妻子这么一说，丈夫也想起来了，诊断书上的陆文齐是写的整齐的齐，当时还以为是医院的笔误呢。不过他还是不太相信：世界上哪有这么巧的事，偏偏让我遇上了？妻子见丈夫半信半疑，就往岸上一指，"你要是还不相信，咱们马上上岸，有人拿着你真正的诊断书在那儿等着呢。"

就在这时，意外的情况发生了。可能是刚才按得用力过猛，限气顶针回不了原位，正在慢慢泄气！救生圈渐渐变细，尽管陆文奇用大拇指死死顶住气门嘴，可是他们身体仍在不断下沉！

陆文奇眼看着这个救生圈马上就要承受不了两个人的重量了，他决定把生的希望留给妻子！他一闭眼一举手，就从救生圈中间沉进了水里。也就在这同时，夏静一个“海底捞月”，扯着头发把丈夫拽出了水面，然后“啪叽”一下把救生圈仍套在他身上。

陆文奇抹了一把脸上的水，睁眼一看，愣了：妻子离开了救生圈，一晃一晃地正在踩水！妻子一看丈夫那模样，“扑哧”一声笑了：“咱俩认识的第一天我就看出来了，你这个人什么都好，可就是脸皮薄，心眼儿窄，所以我去游泳时，从不叫你，怕伤了你的自尊心。放心吧，现在就是没有这救生圈，我也能把你带上岸去。”

救生圈里的气越来越少了，他们离岸也越来越近了。陆文奇这时看到沈春兰和她丈夫站在岸上，沈春兰举着个小本子一个劲儿地向他们招手。是妻子找回来的那个诊断书吧！陆文奇眼睛亮了，他也情不自禁地学着妻子划起水来。

此刻，妻子心里最清楚：沈春兰手里拿的诊断书是假的，丈夫确实得了肝癌。她更明白：自己就是丈夫生活中的救生圈哪，她要护送丈夫一直到达他生命的彼岸。想到这，妻子笑着流下了两行眼泪……

（金　辉）

（题图：施其畏）

回老家

云岭机修厂有个退休老工人，解放前只身一人从河南开封逃到云南，人称“老河南”。不知什么原因，半个多世纪过去，他一直没有回过老家。人老了，思乡之情一天比一天强烈……老河南的儿子“小河南”见父亲整日愁眉苦脸，便主动提出代父亲回老家一趟，条件是要老河南“赞助”全部差旅费用。

老河南犹豫了几天，最后还是拿出一万多块钱，高高兴兴地“赞助”给了小河南。小河南一走，老河南就开始坐卧不安、望眼欲穿……半个多月后，老河南终于把小河南盼了回来！

小河南不虚此行，他不仅给全家人带来一路上的见闻，还给父亲带来一包黄沙、两袋花生、一张开封市旅游图、一本《开封市文物胜迹》

……别小看这些普普通通的东西，在老河南眼里，它们都比金子还金贵。小河南故意操着一口河南腔，摇头晃脑地说："爹，这都是俺开封的东西，地地道道的家乡货！"

老河南小心翼翼地接过这些东西，急急忙忙捧进他住的小屋，整整齐齐地放了一桌子。他生怕别人打扰，特意闩上门，戴上老花眼镜，对着桌上的东西如痴如醉地看着。小屋里静悄悄的，屋外谁都不敢大声说话，生怕惊扰了老河南，要知道，老家在老河南心中，那可是重如泰山呀！

小河南清楚地记得，父亲对河南老乡从来都是肝胆相照、奉为上宾的。记不清有多少次，父亲领来过偶然相遇、素不相识的老乡，讨饭的、做工的、卖药的，三教九流都有，领到家里大吃大喝，临走还送他们钱粮、衣物。那时家里兄妹多，日子过得紧巴巴的，父亲全然不顾，总是倾其所有款待那些不速之客，差不多把家里办成了"河南难民收容所"……

老河南躲在屋里大半天不见动静，老伴不放心，派孙子当探子，从门缝中窥探。孙子一会儿报告："爷爷在看地图，一个劲儿地看！"一会儿又报告："爷爷在看书，还闻黄沙，一个劲儿地闻！"最后，孙子悄悄报告："爷爷哭了，光流泪，不出声。"完全可以想象到，此时此刻，老河南见物生情，思乡心切，必定是老泪纵横、泣不成声。

小河南望着父亲紧闩的房门，心头一阵阵发紧，暗暗大骂自己：你这个不孝之子，王九蛋他哥哥——王八蛋！这是为啥？原来，小河南根本没去河南，而是拿着"赞助"跟几个朋友到广东做生意去了。工厂不景气，小河南下了岗，听说沿海地区能发大财，他想去碰碰运气，结果生意做砸了，落得个人财两空。那些"家乡货"，其实都是朋友帮他弄来的。

第二天，老河南恢复了平静，单独“召见”小河南：“给我说说老家。”

这难不倒小河南，他从小听父亲反复说老家的故事，对老家的一切都很熟悉，何况他早有准备，于是便将父亲以前说过的，电视报纸上看到的，以及各种和开封有关的道听途说，添油加醋地重新说了一遍。老河南一本正经地坐着静听，那专心致志的样儿，跟当年儿子听他讲老家的故事一模一样。

小河南说完，老河南开始提问：“怎么，没照几张相片？”

小河南扯了个谎：“照了，不小心曝光了。”

父亲虽然感到十分惋惜，幸好没有刨根问底，小河南轻而易举地躲过了一道险关。接着，老河南问了一些鸡毛蒜皮的事情：“记得村里家家都栽有枣树，你见到没有？”

小河南小心翼翼，说得有鼻子有眼：“见到啦，爸，这黄沙……就是在您小时候栽的那棵枣树下抓的。”他有些紧张，提心吊胆，不知父亲还会问出什么刁钻古怪的问题。

老河南说来道去地绕了半天，冷不防问道：“见到一个叫大秀的女子……不，一个老太婆没有？”

小河南一怔：记得父亲说过，他从小父母双亡，是奶奶一手将他养大，此外再没有任何亲人，怎么又钻出一个“大秀”？他不知该怎么回答，愣了片刻，突然灵机一动，装出什么都知道的样子，说：“爸，村里是有几个老人说起过大秀……这到底是咋回事？”

果然，老河南上当了！他一听村里人说起过大秀，立刻心里发虚，沉吟片刻，似乎是要为自己辩解，主动说开了：“唉，都怪我一时糊涂……大秀是个麻子，五大三粗，我奶奶非要逼我娶她……我当时年轻气盛，嫌她太难看，结婚三天，干脆一跑了之。后来我去信叫她改嫁，一直没有收到回信，也不知她改嫁了没有？如今我老了，越想越觉得对不起她，心里有愧呀……”话没说完，他已是泪流满面，无法再往下说。

小河南这才恍然大悟：怪不得父亲一直没回老家，原来是有这么一块心病！父亲一直说他当年从河南跑到云南是逃荒，原来是逃婚啊！儿子想方设法欺骗父亲，父亲却老老实实“交代”出隐藏在心底半个多世纪的秘密，父亲的厚道让小河南无地自容，真想抽自己几耳光。他想给父亲一点安慰，便鬼使神差地说：“爸，我听村里的老人说，您走后不久，大秀她就……改嫁了。”

老河南精神一振：“她还活着？”

小河南随口搪塞：“活……活着。”

“真的？这就好了……”老河南如释重负，长长舒了一口气。

从这以后，父子俩见了面都躲躲闪闪，心照不宣，对老家的事极力回避，闭口不谈。从这以后，老河南每天都要摸摸黄沙、看看旅游图、翻翻《开封市文物胜迹》。旅游图上，开封城南一个标有“大锅屯”的小圆点，不久便被他粗糙的手指磨得一片灰：那就是他的老家，他心中的圣地！有一天，他掂着那包黄沙，挺吓人地宣布：“我死了，就把这放进骨灰盒！”

压在心上五十多年的石头搬开了，老河南浑身轻松，整天乐呵呵的；而一向嘻嘻哈哈的小河南，却自己给自己心头压上了一块沉甸甸的大石头，不知哪年哪月才能搬开……

一天，老河南拿出一直舍不得吃的花生，特意买了一瓶“开封大曲”，独自开怀畅饮，喝着喝着“扑通”倒下了……小河南正好又到广东做生意去了，等他闻讯赶回，父亲已经火化。母亲正准备将那包黄沙放进骨灰盒，小河南见状，一把夺过黄沙，跪在骨灰盒前声泪俱下：“爸，我欺骗了您！这包黄沙不是黄河黄沙，不是在枣树下抓的，是在海边抓的……海沙！”

母亲扯起了小河南：“唉，你这个孽种！你什么也不用说，你爸心里一清二楚，临终前，他都跟我说了，包括那个……大秀。”

原来，老河南从小河南口中得知大秀的下落后惴惴不安，于是给老家寄去一笔钱，请村委会转交给大秀。谁知，村委会来信说，大秀早在解放前就饿死了……正是接到来信的这一天，他心里不痛快，喝多了酒，一不小心命归黄泉。老河南明知黄沙是假的，临死前仍叮嘱老伴一定要把黄沙放进骨灰盒，他说：“年轻人谁不干点傻事、蠢事、糊涂事？儿子还年轻，别让他像我一样，背一辈子包袱……”

几天以后，小河南捧着父亲的骨灰盒登车启程，直奔河南，他要让骨灰盒里装进真正的黄河黄沙。老河南终于实现了回老家的夙愿，尽管这一天来得太迟太迟……

（吴　天）

（题图：箭　中）

与爱情无关

三年前，我在深圳打工，被一家电脑公司看中，老板林玉祥派我和另外几个同事先去偏远的分公司干两年，业绩显著方能回总公司工作。分公司地处深山小县城，生活条件自然不如城里，日子过得枯燥而单调，但这比起我们老家来，已经不知道要好上多少倍了，所以我很知足。

日子一晃过去了半年。这一天，同事刘伟急匆匆地跑来找我，说公司里的女文员林美丽住进了医院，是晚期胃癌，顶多还有三个月可活。我一听就着急了，半年前我们来分公司报到时就是林美丽接待的，最初印象觉得她长得并不好看，但接触时间长了，才发现林姑娘心地善良，特别爱帮助人，这么好的姑娘，怎么偏偏会得了绝症？

“走！”我拉着刘伟说，“咱们去医院看看她。”

“别……别急。”谁知刘伟一把拦住我，吞吞吐吐了半天，才说，“我跟你说实话吧，林美丽她……她很喜欢你。”

“什么？”我愣住了，脸涨得绯红，“这怎么可能？虽说林美丽平时对我挺关照，业务上帮我解决过不少难题，可她不是对所有的同事都挺好吗？”

“你呀你——”刘伟看我这么不开窍，跺着脚说，“公司里所有的人都瞧出眉目了，就你自己还蒙在鼓里！唉，也怪我不好，没早一点点拨你。你看，现在她多可怜，还谈什么恋爱，连自己的命都保不住了。”

刘伟说得很动情，我不由愣住了，不知道说什么才好。要知道，我在老家是有未婚妻的呀，只是我平时不好意思说。现在怎么办呢？

刘伟好像看穿了我的心事，拍拍我的肩，说：“我可不管你过去有没有女朋友，反正，林美丽这么好的人，最后的日子里咱们可不能委屈了她。既然她一直对你有意思，你是不是也对她表示一下？就当演一回戏，让她开开心心地‘走’！”

“你——”我瞪眼瞧着刘伟，脑子里乱哄哄的，没想到这种在电影、小说里看到的设置“善意的谎言”、“好心的骗局”之类的事，竟然落到我的头上。

刘伟连连朝我摆手：“这可不是我一个人的主意，这是我们大家一块儿想的，现在不正跟你商量来着？林美丽人好，大家都想帮帮她。”

事情尽管来得太突然，可一想到林美丽平时对我的种种帮助，我还是硬着头皮答应下来了。我的未婚妻也是一个善良的姑娘，如果这事儿换了她，我想她也会这么做的，纯粹是为了帮人嘛！

接下来的事情出乎意料地顺利：我按着刘伟他们制定的“计划”，每天至少两次到医院探望林美丽，就在她病情突然危急的时候，又及时向她表示了我的“爱慕之情”。

林美丽并不知道自己身患绝症，在爱情的魔力作用下，她苍白的脸庞竟然开始有了血色，精神也好多了，原本已经三天滴水未进了，可就在我向她“表白”的当晚，她竟能一口气喝下两碗粥，连医生护士都对她病情的突然好转感到不可思议。

就在这时，从总公司传来了好消息，由于我和刘伟干活出色，老板林玉祥决定调我俩回总公司工作。我如释重负地来到林美丽的病房，假装十分惋惜地把这个消息告诉林美丽，林美丽居然很为我高兴，反来劝我，男人应以事业为重，岂能过于儿女情长。

我当时就鼻子一酸，差一点掉下泪来。多么善解人意的姑娘，如果不是家乡已有一位意中人在痴等着我，真不知我会不会就此来个假戏真做呢！我看着林美丽那消瘦的脸庞，不知该说什么才好。

回总公司上班后，虽然工作上顺顺利利的，可我却为林美丽的事没少操心，听说她的精神一天比一天好，我这出戏就还得唱下去。每次提笔给她写信时，我都在一遍遍地问自己：我到底应不应该把事情的全部真相告诉她？但是每次我都又忍住了。我对自己说：为了让她快快乐乐地离开人世，这场戏就演到底吧。我只能在心里悄悄对她说一声“对不起”了。

就这样，大约又过了一个多月。这天刚下班，在公司门口，一个既陌生又熟悉的身影出现在我的面前，仔细一看不由大惊失色：来者不是别人，正是林美丽！久别重逢的她显得异常欢欣，一改平日沉默寡言的文静模样，给我讲起她在我们分手之后的种种事情。讲到忘情处，居然还大大方方地挽起了我的手，反倒把我闹了个大红脸。我心中一阵慌乱，好半天方才想起该问问她的病情怎么样了。

谁知不问还好，一问，林美丽的脸笑得更灿烂了："医生说只是胃溃疡和胃出血，什么胃癌，全是误诊！"

"什么？"我简直不敢相信她的话，这个玩笑未免开得太大了吧！现在我该怎么办？向她如实坦白，她会相信吗？再说她大病初愈，能承受这样的打击吗？

我心里正七上八下着，只见林美丽亲亲热热地对我说："我已将咱俩的事告诉我父母了，他们可高兴了，说什么也要见你一面，说最好就在今天晚上。"

不得了，事情更麻烦了！也罢，反正林美丽癌症警报已经解除，今晚就当着二老的面把事情说清楚算了，求他们原谅我本出于善意的荒唐吧！

于是当晚，我随林美丽去她父母家。当我站在一幢漂亮豪华的西式别墅前时，我简直惊得目瞪口呆：林美丽的父母竟然这么有钱！而我竟一直以为她跟我们一样，只不过是帮人做事的打工妹呢。

林美丽的父母闻声从二楼走了下来。我定眼一瞧，不由得更加吃惊，原来她的父亲不是别人，正是我们总公司的老板林玉祥！这怎么可能？要不是身历其境，这种电影里、小说中才有的故事，我怎么也不会相信生活中会真正发生。

林玉祥大概猜到了我的心思，他也不急着向我解释，而是说起了林美丽的过去。

原来林美丽以前真的很美丽，人也非常开朗活泼，不幸的是在她二十五岁的时候，不知怎么患上了一种奇怪的皮肤病，病愈之后，原本白皙的皮肤竟变得黑乎乎的，干瘪瘪的，与她相恋两年多的男友绝情而去，为这份初恋的感情她曾经伤心难过了很久。后来，母亲给她介绍了一个本公司的职员，交往不过三个月，林美丽就看见他在外面竟将另一个妖艳的女人搂在怀里。林美丽疯了似的独自一人跑到偏远的分公司去了，刻意隐瞒着自身的一切，只盼过安静清幽的生活。她原本对爱已心如死水，谁知，一场大病却换来了一个真心爱她的男人……

林老板感慨地说："你在美丽身患绝症的时候，向她吐露心声，这是何等难能可贵呀！"林老板动情地把我的手和林美丽的手紧紧握在一起，说，"小子，我把女儿就交给你了，可要好好待她哟！"

我一时之间有些手足无措，支支吾吾着，一张脸红得更厉害了。我原本是要来说明真相的，可没想到还有林老板这层关系，他会不会一怒之下将我的工作给辞了？我咬了咬牙，忍住没有开口，无论如何也不能就此放弃眼前这份好工作！

当我茫茫然回到宿舍时，刘伟已等在那儿了。在得知我今晚赴约后的情况时，他也惊呆了。不过，他随后就极力劝我干脆假戏真唱，答应这门亲事算了，要知道一旦如此，我就等于拥有了一切：汽车、房子、地位、钞票，这是我单凭个人能力一辈子也无法企及的。

一连三天，我彻夜难眠，脑子里老是晃动着林美丽天真无邪的笑脸及家乡未婚妻在村头望眼欲穿地盼我回家的焦急神情……我终于鼓起勇气给林美丽写了最后一封信，在坦白了一切真相之后，末尾我这样写道："是你的善良和真诚感动了我，以至于我会有如此荒唐之举。但是请你相信，这世界上除了男女之爱，还有朋友之情，它同样肝胆相照，感天动地。我今天依然可以向你表白，但这与爱情无关，为的仅是纯粹的同事情、友谊情。"

我义无反顾地把信投进了信箱，不管事情的结局多么严重，我都不会为这个选择感到懊悔。大不了也就是辞了我这份工作而已，我可以从头再开始嘛!

一个星期后，我收到林美丽的回信，拆开一看，什么字都没有，只一个大大的“！”号。这世界上，还有什么比彼此的理解和尊重更重要的呢?

（陈世勇）

（题图：魏忠善）

王麻子

王麻子的脸上本是光光的、平平的，他从不是麻子变成麻子，还有这么一个故事：

村头有个张寡妇，虽然已是五岁孩子的妈了，却风韵依然，惹得许多男人都围在她身边转，有的想占她便宜，有的倒正儿八经想娶她为妻。王麻子担心自己不是村里那些男人的竞争对手，就在有天晚上揣了把小刀，去撬张寡妇的门闩，想来个“生米煮成熟饭”。刚到门口，突然听屋内张寡妇喝道：“谁？再不走我就开枪了！”

王麻子一听有枪，吓得转身就跑。跑回家中一想：不对呀，没听说过她有枪呀！

第二天，王麻子趁张寡妇不在的时候去问她的儿子小明：“你们屋里真的有火枪啊？”

小孩子不说假话："没有。"

王麻子心头暗喜：今儿晚上你就是开炮也吓不走我！

谁知小明回家后就对娘说：有叔叔问家里有没有火枪。张寡妇急得团团转，心想：这一下怕是吓不走贼娃子了，于是她就跑到熟人那里借了支火枪。

这天夜里，王麻子又来到了张寡妇的家，刚到门口，又听屋里喝道："谁？再不走我开枪了！"王麻子不理不睬，照样用小刀撬门闩。

"我真的开枪啦！"

王麻子心想：你吓唬谁呀？有枪你就开吧！这时门闩已经撬开了，他推开门刚闯进去，只听"轰"的一声，一团火光扑面而来……

从此，他就变成了麻子。没人知道他这麻子是火药枪中射出的谷子打的，连张寡妇也不知道打的会是他。他用布把脸严严实实地蒙了半个多月，别人都以为他出痘才变成了麻子。

王麻子心里非常清楚，这副脸蛋，想讨个婆娘是不可能了，于是他就立下毒誓：此仇不报枉为人！因为立了这句誓言，王麻子一直未停止过报复，但总因诸多原因，未能遂愿。

转眼过去了两年，村子里也搞起了改革，王麻子不甘心落后，他造了一只大船摆起渡来。他心头充满了信心：你张寡妇总有栽在我手头那一天！

有一天，江上涨了点水，只见张寡妇匆匆跳上船来："王大哥，帮帮忙，送我过去一下。"

王麻子眼睛直直地盯着张寡妇，眼里几乎要喷出火来："下去！今天不开船！"

张寡妇苦苦哀求："王大哥，帮帮忙吧，我有急事。"

"有急事也不行。"王麻子口气一点不软,"你没见涨水了吗?"

"大风大浪你都过来了,你还会怕这么点水?"

王麻子望了望江面,想了想,说:"好吧,你坐到船尾去,我们一头一尾,船好平稳点。"说着,只见他拿起竹篙在岸边石头上一点,船就出去了丈多远。

本来,涨水的时候,船应向上游行驶一段后才能横行,而王麻子今天却直接横行。只见他一会儿用篙,一会儿使桨,船近江中,不觉颠簸起来。这个时候,王麻子应该随波逐流、顺势而下才对,但他没有,木船几乎是横在江中,一个浪头打来,只见王麻子两脚一蹬,船猛地一颠,只听"啊"的一声,张寡妇被抛入水中……

王麻子大喊:"救人哪,有人落水了!"话音未落,他就跃入水中追张寡妇去了。

王麻子救起张寡妇时,已经离渡口很远了。张寡妇的满腹江水,也是王麻子用双手按压后才排出来的,她醒来的第一句话就是:"谢谢你,王大哥。"

王麻子心里头十分得意:我这招真高,不光报了仇,还成了你的恩人,让你一辈子都记挂着我,一辈子都觉得欠我。他心里这么想着,嘴里却说:"这都是我不好……"

张寡妇却说:"不,不能怪你。平地都有摔筋斗的时候,何况洪水如猛兽、水火不容情呀。"张寡妇口气虽然弱弱的,但言真意切。

王麻子长长地吁了口气,心想:我成了麻子,你淹了身子,恩怨从此勾销,两不相欠了!

从此以后,张寡妇每次上船都会向王麻子笑笑,喊一声"王大哥"。这声"王大哥",既让他感到得意,又让他感到心头刺痛。

日子一转眼又过去了几个月。以前，每天太阳刚露脸，张寡妇都会陪着上小学的儿子小明来到渡口，依依不舍地目送小明上了王麻子的船，去江对岸的乡小学上学，寒冬酷暑，天天如此。可这几个月里，再也不见张寡妇到渡口来了，只是小明一个人孤零零地背着个书包去上学。又过了些日子，小明也不来渡口乘船了。王麻子心里堵得慌，几经打听才知道，自那次落水之后，张寡妇整日里咳咳吐吐，渐渐成了病。

王麻子知道后很后悔，他想：那天，如果我光明正大地走进她屋里，在她喝问“谁”的时候堂而皇之地应答，也不至于有今天这样的结果；再说，她已经几次三番打招呼说“开枪了”，只怪自己不信。幸好她枪里面装的是谷子，要是装了铁钉、钢珠什么的，这条命早就玩完了。人家只是吓唬吓唬我，并不存心要伤我，可我却想要她的命……而且他听村里人说，因为要照顾娘，再加上治病要花钱，小明已经辍学了。王麻子深怪自己“一弓坏几弦”，越想越不安。

王麻子刚摆渡的时候，在钱上从不计较，村里每人每月给他称五斤玉米或三斤谷子就行，但最近他突然规定：不要谷物，要钱。

有人说：“能不能不说钱，说到钱我们就不亲近了。”

王麻子说得很干脆：“不亲近就不亲近。”

有人说：“王大哥，没钱咋办？”

“没钱记账，有了就给。”

大家都以为他说着玩的，船都坐了，难道真的为那几角块把钱，来上门索讨？嘿，你可别说，还真有那么下得辣的：如果你没主动缴钱，王麻子他就会在年三十拿着账本上门向你要。大家都说王麻子不近人情，看着钱眼都红了。

村里人开始疏远王麻子，王麻子渐渐地觉得孤独起来，越孤独就越想到张寡妇，越想到张寡妇他就越觉得自己有愧于她。朝思暮想，寝食不安，终于忧郁成疾，一病不起。

村里人都嫌他刻薄，没有人去探望他，他把邻居的小孩叫来，拿出一元钱给小孩作为“脚力费”，让他去把村主任喊来，他有事交代。

一会儿，村主任懒洋洋地来到了王麻子的家里，上这儿来，他有点不大情愿。

王麻子躺在床上，将颤抖的手慢慢地伸过去，想握握村主任的手。村主任想起王麻子在年三十上门向乡亲们讨钱时的那副样子，不觉眉头一皱，将手一缩，说：“有什么事，说吧。”

王麻子张了几次嘴，终于说出了憋在心头的话：“主任，我没有妻室儿女，其实是用不了什么钱的，我拼死拼活地攒钱，是因为我有一笔血债未偿。”

村主任一惊：“什么血债？”

“张寡妇是我害的。”王麻子一脸愧色，他把自己和张寡妇那一段恩怨说了一遍，只是没有如实说出张寡妇开枪打他的原因，而是说成无意中伤他的。

村主任平时对王麻子就有些反感，听了这番话便生气起来：“别人无意间打伤了你，你可以正大光明地要她医治，或者通过法律手段向她索赔，怎么能够用这么卑鄙的手段报复她呢？你知不知道，张寡妇已经病得很重，小明也辍学了。”

王麻子的眼眶里盈满了泪水：“我知道自己造孽太重，我……我要偿还这笔血债。”他颤颤巍巍地伸手从枕芯里面掏出一件东西，那东西是用布包着的，他把它交到村主任手上，“这几千块钱是我这几年摆渡积攒的，请你交给张寡妇，告诉她一定要把病医好。她那病其实是不难治，只是她孤儿寡母，又要供小明读书，舍不得花钱，病才越积越重的。剩下的钱可以供小明读完初中。我知道这些钱弥补不了我对她造成的伤害，但我只有这样才能够心安……”

村主任望着气喘吁吁的王麻子，他的心被震撼了：想不到乡亲们眼里的势利小人，竟有这么一番心地！

王麻子继续说着："我为了攒钱，平时对乡亲们很刻薄，我也觉得对不起大家，现在，我的心愿了啦，那只船就交给村里吧。”

村主任猛地握住王麻子的手："自私的是我们，我们误会了你。”

王麻子勉强地笑了笑："我一直想给乡亲们一点补偿，现在，我总算办到了。”

村主任强忍着没让泪水掉下来："你也去治一治你的病吧，我们还需要你送我们过河呢。”

"我有我自己的归宿……记住，每天早上送孩子们过河上学，千万不要让他们迟到……”

村主任紧紧握着王麻子的手，泪水滴在了他那张麻脸上……

（秦　戈）

（题图：魏忠善）

一双男人鞋

半夜时分，金锁在外边打完牌回家，坐床边脱鞋时发现床下有一双不认识的男人鞋，审问妻子桂枝，桂枝咬紧牙关一声不吭。这还了得，金锁举手就要打，可眼前突然浮现出丈人丈母那一对凶狠刻薄的面孔。原来，桂枝的爹娘都是势利眼，压根儿没把种田的金锁放在眼里，明明金锁为他们家事情做得多，东西送得多，可逢年过节一上桌，总是城里的二女婿坐首位，丈人丈母端洗脸水煎荷包蛋地忙活着，从来没有金锁的份儿。金锁狠狠朝桂枝瞪了一眼："哼，我倒要看看你爹娘明天怎么来收拾你！"

第二天起早，金锁抄起那双男人鞋直奔桂枝娘家。丈人已经下地去了，只有丈母在家，金锁把鞋往地上一摔，三言两语把事儿一说，丈母脸都黄了，捂着胸口说："怪不得这几天眼皮老跳，我就知道要出事。唉……"她小心翼翼地瞧了金锁一眼，"可说起来也是可怜，我们家桂枝刚懂事就知道帮大人干活，这回虽说是干了亏心事，可……可你们家那么多活儿，不都是她一个人干出来的？”

金锁一听就朝她吼了起来："我要的是干净女人！”丈母无话可说，脸色更黄了。

这时候，丈人回来了，金锁破例坐着没动。丈人的脸拉得老长，丈母赶紧把他拉到门外，两个人嘀嘀咕咕了一阵，丈人龇着牙走进来，朝金锁一声冷笑："我管三尺门里，丑事出在你家，是你门风不正，你别把尿盆子往外泼。桂枝在家是我女，出嫁是你妻，现在要打要杀你看着办！”

这是什么屁话？金锁肚子都要气炸了："好，既然你当爹的这么说，看我不揍扁了她！”他一把拿起地上那双男人鞋，甩头就走，气汹汹地直往家里奔。

半路上，金锁撞见了爹，爹正在路边割草。爹瞧他那脸色，又四下里一瞧，说："啥事儿？别瞒爹。”

金锁把手旦的男人鞋朝爹眼前晃了晃。爹问："这事儿？”

金锁点点头："这事儿！”

爹没吱声，重新弯下腰去割草，割了一茬又割了一茬。金锁心里冒烟，想走又不敢。

好一会儿，爹直起腰问："这事儿你打算咋了结？”

金锁怒气冲天："打，还有不打的道理？得让她把那家伙说出来。”

爹又问："底下咋办？”

金锁两手一比划："我把斧头磨快点儿。”

爹瞥了金锁一眼："我就知道你是半吊子。”

金锁迟疑了一下："要不，我跟她离婚？”

“你个二杆子！”爹狠狠骂了他一句。

“那我干脆当肉头算了！”金锁忍不住声音响了起来。

爹将手里的镰刀一举：“你跟我赛腔哩？”金锁吓得缩了缩舌头，不敢吭声了。

爹拿出烟袋，装满烟末，金锁给点着火。爹不紧不慢地说：“你闹啥哩？正因为这种事最丢人，咱才丢不起这种人。爹老了，活不了多少年了，可你路长着呢，张扬出去你往后还咋往人前站？”金锁想想有道理，不免佩服爹有远见。

爹磕掉烟灰，又装满烟末，金锁又给点着。爹喷着烟雾说：“县城西边那个姓丁的，那年把他老婆闷进水缸的事，你总还记得吧？你比姓丁的有本事？杀人抵命这是硬道理，到时候你瞒得了丈人可瞒不了公安局。”

被爹这么一提醒，金锁立刻觉得浑身都在冒汗：自己本事没有那个姓丁的高，一斧头劈死了人，不就要拿自己的命去抵？划不来呀！

金锁不由抹了抹额头上渗出的汗，他爹依然慢声细语地说：“其实，这也算不上什么大事。你娘死得早，这些年你想想，咱们家里里外外还不是桂枝在操持着？年轻人心里没底，哪能保证不走错一步？说起来这事也不全怪桂枝，你夜里不守着自己老婆，野出去打什么牌？让人家钻了空子。”

爹的一番话，金锁横想竖想觉得句句都有道理，回去后他没磨斧头没逼供，没打桂枝没声张，甚至把那双鞋都悄悄扔进灶膛烧了。

两天后，金锁用自行车驮了桂枝去丈人家。

一进门，丈人丈母以为他休妻来了，紧张得不知怎么应对，他们已经两天两夜没吃好没睡好了，后悔那天把大话撂给了他，想想这事儿怎么收场，越想越可怕。谁知金锁却对他们说："桂枝整天在家忙，活儿都做不到头，我想趁眼下农闲，送她来家住几天歇歇。"

丈人丈母一听，立刻缓过气来，丈人忙不迭地给金锁端来洗脸水，丈母烧了一大碗水煮蛋，金锁暗地里一数，碗里边白白嫩嫩的家伙儿整整有八个。

临走的时候，金锁想起爹的交代，对丈人丈母说："这事情过去就过去了，谁也不许再提它。桂枝是我的人，我不嫌弃，今后谁也不许为难她。"

一番话，说得丈母真想给金锁下跪。两家的门风保住了，真是难为了女婿啊！想起前两天对金锁那态度，丈人愧疚得真恨不得挖个地洞钻进去。

三天之后，丈人亲自把女儿送回来，桂枝从此干活儿更泼，对金锁爹更孝，伺候金锁也更周到。金锁呢，也不再出去通宵打牌，在家守着老婆一心一意过日子。过了一段时间，丈人又用小拖儿驮了一套新家具亲自送上门，说是早几年穷，没好好给桂枝添嫁妆，现在日子好过了，给闺女补补屈。

这一年春节，金锁和桂枝去给爹娘拜年，吃饭的时候，丈人丈母说金锁是老大，该他坐上座。城里的二女婿摸不着头脑，还以为是自己哪个地方得罪了老人。

（吴庆安）

（题图：王申生）

你想对我说什么

小白的男人在城里打工，年底回来，屁股还没沾着凳子，就掏出一卷卫生纸那么厚的钞票，炫耀地往小白面前一丢，然后趾高气扬地开始享受小白的服务：擦脸、洗脚、热茶……

晚上，男人乐滋滋地搂着小白睡觉，小白要男人讲讲外面的世界，男人就神气活现地给她讲他造的大楼有多高，讲他盖的商场有多漂亮。讲到得意处，男人告诉小白，他们工程队在城中心风景区的湖堤上铺路面砖的时候，他曾经在一块路面砖上悄悄用刀刻下过一句话，这句话是说给小白一个人听的。刻好后他还数过，这块砖就铺在第19号石凳的凳脚边，他现在还记得清清楚楚。

小白一听，好奇地从床上蹦起来："你刻的什么话呀？快说给我听听！"

男人不知怎么，突然就挠着头支支吾吾，没有出声。

小白的心痒痒的，非要男人说出来。男人想了想，咬着小白的耳朵嘻嘻笑道："现在说多没意思，等我以后赚了大钱，带你进城去玩，你不就能自己亲眼看到了？"

男人说完翻了个身，不一会儿就打起了呼噜，可小白心里却还是痒痒的，看样子男人不像是在和自己开玩笑，那么他到底在那个遥远的地方要对自己说一句什么话呢？小白心里拿定主意，等过完年男人再进城之前，一定得逼他把这句话说出来，说什么等有钱的时候去看，再有钱也不能拿钱去玩呀！

可让小白万万没想到的是，刚过完年，小白还来不及让男人把这句话说出来，男人就突然死了。男人是在朋友家喝醉了酒后，回家路上不小心跌到山崖下摔死的，大伙找到他的时候，他已经差不多就要不行了。小白哭着喊着赶过去，男人嘴里只嘀咕了一句话，别人听不懂，可小白听清楚了，男人是说："别去看！"

小白哭着喊着跺着脚："为什么？为什么别去看？"

男人没有回答。救护车到的时候，男人已经没了气。

男人带回的钱，大部分都用在了男人自己的丧事上。把男人送走以后，小白一个人的日子过得很艰难，晚上睡不着觉的时候，她常常想起男人曾经对自己说过的这件事，那一天实在忍不住了，于是就咬咬牙，用剩下的那点钱，乘车来到了城里。

好不容易找到男人说过的城中心的那个风景区，没想到一张门票竟要138元，小白身上所有的钱加起来，也不到这个数啊！她站在景区大门口，急得只会哭。

望着进进出出川流不息的游客，小白心一横，看准一个面相和善的男人要进公园去，就跑过去对他说："先生，你能不能……能不能帮我一个忙？"

"什么事？"男人停下了脚步。

小白说："我男人在里面，给我写了句话……"

小白流着泪，把事情从头说了一遍。男人听了很惊讶，立刻叫她在外面等着，然后就快步进了景区。按照小白说的位置，男人果然在湖堤上第19号石凳的凳脚边，找到了那块隐隐约约有字迹的地砖，他艰难地辨认了好久，才把那些歪歪扭扭的字连成了一句话：老婆，我错了，我再也不找小姐了。

男人想了想，掏出笔和纸，匆匆把话写了下来，然后朝景区大门口走来。

小白又焦急又紧张，迎上来问他："先生，找到了吗？"

男人微笑着把手里的纸条递给她："你自己看吧！"

小白接过纸条一看，顿时哭了，哽咽着埋怨道："这死鬼啊！我知道，你就这点能耐……"

纸条上这样写着：老婆，我想你！

（酸秀才）

（题图：谭海彦）

布丁里的银纽扣

艾琳是纽约一家跨国公司的部门主管，婚后仅两年，她对自己的婚姻渐渐产生了厌倦。

二十三岁那年，艾琳是怀着一种复杂的感恩的心情嫁给瑞恩的。艾琳家里穷，母亲很早去世，父亲又患上癌症，治疗费用昂贵，幸亏父亲有个好友，他派自己的儿子瑞恩带着一笔钱来到了艾琳的身边，悉心照顾病重的老人。

老人去世后，两人回到瑞恩的家乡，举行了盛大的结婚仪式。在那里，艾琳第一次品尝到了乡下风味鲜美的布丁，在布丁里，她吃到了一颗小小的银纽扣。这时，瑞恩走过来微笑着说："亲爱的，祝福你！这是我们老家的习俗，谁吃到藏有银纽扣的布丁，就一定会有好运气的，吃到的越多，好运就越多。"往后的日子，布丁成了餐桌上的必备品，每次，艾琳总能幸运地吃到一颗银纽扣。

婚后，艾琳参加了纽约一家大公司的招聘，她凭着出众的才华和高雅的气质，在高手云集的竞争中脱颖而出。短短两年，艾琳就被提拔为部门主管。随着应酬和交际的增多，艾琳有时几天不回家，瑞恩毫无怨言，他十分支持艾琳的事业。

在艾琳周围聚集着商界的精英和社会名流，不知不觉中她萌生了一种更高的向往和奢求，渐渐对自己的婚姻产生了一种强烈的厌倦感。

这时，一个叫罗森的男人闯进了艾琳的生活。罗森是一家律师事务所的经理，年轻英俊。一次，公司聘请罗森解决一件经济纠纷，艾琳作为公司委派的全权代表，两人就开始了一段愉快紧张的合作。第一眼看到罗森，艾琳内心就泛起阵阵涟漪，自己少女时代心中的“白马王子”，不正是像罗森这样的青年才俊吗？在接触中，两人的好感进一步加深。

合作结束这天，罗森凝视着风姿绰约的艾琳，无奈地耸耸肩，恋恋不舍地说：“艾琳，和你在一起，我真的感觉不到时间在流走。”

一周后，罗森请艾琳去新开张的歌吧听歌，艾琳犹豫了一下说：“对不起，罗森先生，瑞恩正在家里等我回去，我和他今天约好的，下次可以吗？”

罗森直截了当地问：“我能知道你们今晚的主题吗？”

艾琳想了想，说：“布丁！”

罗森一怔，问：“布丁？它是你们活动的代号？”

艾琳笑着说：“布丁是瑞恩家乡的风味小吃，味道美极了，瑞恩可是个行家呢！”接着，艾琳就向罗森详细地叙述起关于银纽扣的故事。

谁料罗森听完故事，一把拉住艾琳的手，自信地说：“艾琳，请你给我时间和机会，我会比他做得更好！”

不久，艾琳的公司宣布即将在亚洲建立分公司的决定，罗森于是建议艾琳："如果你被派往亚洲，你就可以借长期分居的理由提出离婚，到那时，瑞恩就没有什么可纠缠的了。"

陷入爱情漩涡里的人，往往是盲目的，艾琳经不住罗森的劝说，她决定离婚。

艾琳经过积极争取，顺利地被批准前往亚洲考察。临行前，艾琳无理取闹地和瑞恩吵了一场，瑞恩第一次见到艾琳发这么大的脾气，可瑞恩只是一个劲儿赔笑说："亲爱的，你要保持一个好心情，你肩上的任务太重了。"

艾琳没好气地吼道："我知道！你不配提醒我！"

一个月后，艾琳考察结束，当返程的班机降落在纽约机场时，艾琳没有见到瑞恩的身影。她心里有点失落，但马上又宽慰起来——瑞恩准是察觉到自己变心了，这样也好，省得摊牌时双方尴尬。忽然，她看见罗森手捧鲜花，站在出口处等她。那天正好是平安夜，艾琳就坐上罗森的车去了他家。罗森很会收拾，家里营造出一种浪漫温馨的气氛，艾琳深深地陶醉了，她决定明天就回家和瑞恩正式摊牌。

晚饭时，罗森端出一盘刚刚做好的布丁，小巧的金黄色的布丁散发出草莓的清香，上面还撒了些紫褐色的冰提子干。艾琳一见这么精美的布丁，惊喜万分：自己的判断果然没错，罗森是深深爱着她的！

罗森殷勤地为艾琳斟满酒，一边陪她品尝着布丁，一边说："亲爱的，你离开的这些日子，有个男人来找我，他很耐心地教我做这种最精美的布丁。"

艾琳心里一惊，佯装漫不经心地问："他还教了什么？"

罗森笑着说："一个小秘密，一个小发明。亲爱的，你看——在藏有银纽扣的那个布丁上，嵌着一颗松子，当面粉受热膨胀时，松子就会脱落，布丁的表面就会留下一个微小的凹坑，像颗不易察觉的小水滴。"

艾琳依次拿起几个，果然很容易就找到了那个藏有银纽扣的布丁，她马上就想到以前，自己总是经常吃到银纽扣的缘故。想到这里，艾琳的眼睛隐隐有些湿润了。

罗森继续说："他还告诉我，他以前一直这么做，希望把所有的好运都带给妻子，后来他发现妻子移情他人，首先想到的就是把这个秘密教给他的情敌，希望他能和自己一样来延续那份不动声色的爱。"

艾琳哭了，她终于明白了这颗银纽扣其实就是爱，是自己一直在尽情享有的爱，也是自己一直毫无察觉的爱。

罗森凝神看着艾琳，蓦地，他一口喝尽杯里的酒，十分伤感地说："他是条汉子，一个真正的男人。他身上的东西深深震撼了我，我向上帝祈祷，请求宽恕我对他的伤害！"说到这里，罗森拿起电话，果断地递给艾琳说，"平心而论，我是在很多方面比瑞恩出色，但在爱这点上，我永远不会超过他！"

艾琳接过电话，百感交集，她颤抖着拨通了那串再熟悉不过的号码。电话接通了，艾琳哽咽着说不出话来，片刻，电话那头传来瑞恩温和的声音："嗨，如果一切都过去的话，那么我欢迎你回来……"

（原作：哈尼·鲁宾；改编：傅　辕）
（题图：佐　夫）

一路走好

怀阳市青年豫剧团有两个青年演员，男的叫南家荣，是演武生的，女的名黄婕，是唱花旦的。这些年戏曲不景气，剧团处于半瘫痪状态，成年累月也没个演出任务。南家荣和黄婕夫妇俩闲在家里，连工资也没处领。

活人总不能让尿憋死。黄婕本来就是个心高气傲的女人，哪能安心在家闲着？一急之下就到戏曲茶园去当歌手了。你别说，如今戏曲在舞台上虽然日落西山，但在茶园子里挺受欢迎。去戏曲茶园的戏迷还挺多，大款也不少，加上黄婕唱得好、扮相俊，捧她的人就好像群蜂采蜜，那是嗡嗡叫。

南家荣虽然相貌英俊，武功也绝，可嗓子不行，其他又不会干，只好呆在家里洗衣做饭，当起了家庭妇男。南家荣打心眼里不想让黄婕去戏曲茶园，他知道那儿总不太让人放心，但黄婕每天都能挣来不少钱，少则百儿八十，多则二百三百，家里的日常开支全靠她了。南家荣还能说什么？就是说，黄婕也不会听。

人常说，经济是基础。黄婕能挣钱，在家的地位也就不一样了，小脾气跟着见长。南家荣虽然处处忍让着她，但黄婕却得寸进尺，回到家动不动就横挑鼻子竖挑眼，两口子从磕磕碰碰发展到大吵三六九，小吵天天有。南家荣忍气吞声那别扭劲儿，就甭提了。

误入歧途

这一天，黄婕到后半夜两点多钟才回到家里。南家荣守在电视机前，迷迷糊糊地在看香港枪战片《人在江湖》，没听见黄婕叫门。因为开门晚了，黄婕一进屋就黑着脸儿，不咸不淡地发话了：“哼，一个大男人，成天吃了睡，睡了吃，要不就是看电视，啥事儿也不干，靠老婆养着，多光彩！男人不会挣钱跟女人不会生孩子有啥两样？”

南家荣把电视机关了，压着性子说：“你别一回家就找碴儿，我已经忍了很久了，我不会让你养活我一辈子，明天我就去找事儿干。”他指指妻子的脸说，“你瞧你的脸，画得还有人样吗？”

黄婕撇撇画得猩红的嘴说：“你不爱看，有人爱看。你也不瞧瞧你的样儿，小白脸，中看不中用。”说罢关门进屋睡觉去了。

南家荣气得一夜也没睡着，第二天一早，他梳洗一番，穿戴整齐，就出门找工作去了。可是，大热天，他东寻西问，转了半晌午也没找到适合自己的工作，跑了一身臭汗，一头钻进了路边的一家冷饮店，打算凉快凉快喘喘气再去找。谁知还没坐稳，就听身后有人在喊他。

南家荣扭头一看，见邻桌一个穿着华丽、打扮洋气的女人正冲自己笑呢。南家荣先是一愣，接着惊奇地叫道："师姐，这么巧是你，什么时候回来的？"

这个女人叫蔡青，是南家荣上戏校时的同学，她比南家荣大五六岁，十几年前，还在上戏校的时候，因为违反校规谈恋爱，经常夜不归宿，后来学校就把她给劝退了。听说她去了南方，之后就再也没见过她。

蔡青让南家荣坐过来，一边喊小姐上冰啤，一边笑盈盈地说："回来两三年了。咱们有十几年没见面了吧？跟师姐说说你现在怎么样？"

南家荣抓起冰啤，一口气喝了大半杯，叹了口气说："剧团不行了，我在家闲着，今儿出来想找点儿事干。"

蔡青"咯咯"笑道："师弟长得这么帅还愁没活干！结婚了？"

"结了。"

"有孩子没有？"

"自己都养不活还敢要孩子？你现在在干什么？"

蔡青掏出一张名片递给南家荣，说："我办了一家顺昌中介公司，现在除了做生意还能干什么？"

南家荣看了眼名片，说："当老板了，一定发了吧？"

"发什么呀，瞎混呗。"

这时，蔡青的手机响了。她打开坤包拿出手机，边听边哼了几句，把手机放回包里，随手掏出一张五十块钱压在杯子下面，对南家荣说："我有急事先走了，你再随便喝点什么，如果真没事干就来找我吧。"说完就起身匆匆而去。

南家荣把名片收起来，又要了杯冰啤，看着蔡青那阔相，想想自己，心里说不出是个啥滋味。

下午，南家荣又转了一大圈，见有一家新开业的烤鸭店招收保安，就抱着试一试的心理走了进去。和经理一谈，经理挺满意，当场就同意录用他。工作是营业时间负责酒店的保卫，每三天值一个夜班，月薪一千元，交一千块钱的保证金就可以上班了。

南家荣心中一乐，回家跟黄婕商量，黄婕一听也很高兴，拿出一千块钱让南家荣去交保证金。第二天，南家荣就去上班了。可是，南家荣怎么也没想到，上班没几天就出事了。

那天晚上，烤鸭店的生意非常好，南家荣身穿保安服站在大门口。这时，只见五六个喝得醉醺醺的年轻人从酒店里出来，在他们后面，大堂经理也紧跟着撵了出来，对南家荣说："这几个人吃完饭没付账。"

南家荣一听，急忙上去拉住其中一个说："先生，请把账付了再走。"

那家伙蛮横地瞪起醉眼："付什么账？老子吃饭没付过账。"说着，甩脱南家荣的手又要走。

南家荣死死拽住那人的手腕不松："你们不付账就是不能走。"谁知那家伙二话没说，举拳朝南家荣打去，南家荣没防这一手，脸上重重地挨了一拳，嘴角被打出了血。

南家荣毕竟有两下，没等那家伙出第二拳，一招"苏秦背剑"把那家伙摔倒在地。那伙人一见，一起围上来和南家荣打了起来。南家荣纵然有一身功夫，但好汉架不住人多，不一会儿就被打倒在地上。那伙人见围观的人多了，怕招来警察，连忙拦了辆"的士"跑了。

南家荣被经理叫到了经理室，心想经理会表扬他，谁知却被经理炒了"鱿鱼"，保证金也被扣去五百抵饭钱。南家荣争辩不过，只得拿上退还的五百块钱气恼地回到家里。

黄婕回来见南家荣的脸就问怎么了，可是，当她听了南家荣说的事情经过后，不但没安慰他，还把南家荣给编派了一顿："你真是天下头号大笨蛋，你看你办的事，没挣着半分钱还挣了顿打不说，连自己的钱也给扣了一半，不会挣钱竟会扒豁……"

南家荣听着黄婕的话就像针扎一样难受，他气恼地抓起床头柜上的闹钟，本想摔到黄婕的身上，可他犹豫了一下又放了下来。

南家荣在家养了几天伤，天天还想着得再去找个活干干。这天，他无意中看到了蔡青的名片，就决定去找她试试。

第二天上午，南家荣按照名片上的地址，来到花园小区，蔡青的公司就设在一座两层小楼里。蔡青一见南家荣就笑着说："我知道你早晚会来的。"

南家荣不好意思地说："家里实在是呆不住了，师姐，随便给我安排个活都行。"

蔡青拍了拍南家荣的肩膀："瞧你这话说的，咱们是师姐弟，我还能亏待你？"说着，蔡青拿出一千块钱塞到南家荣的上衣口袋里，"这是你的工资，先拿去用。这年头，男人不能没钱，女人不能没颜。只要你听我的话，钱有你挣的。"

南家荣受宠若惊，不住地点头称是，然后就问："师姐，我具体干啥？"

蔡青说："你别急，这几天你先认识认识这里的人，熟悉一下情况，具体工作我会给你安排的。"说完就打了个电话，一会儿，从外面进来几个人。蔡青指着一个白脸高个男人给南家荣介绍说："这是你白哥。"又指了指一个黑脸低个的男人，"这是你黑哥。"然后指着一旁那个丰腴妖艳的少女，"她叫秦丽。"最后蔡青把南家荣拉到身边说，"这是我师弟南家荣，今后大家在一个锅里吃饭，希望互相关照着点。”

就这样，南家荣算上班了。公司人不多，房子可不少，每个人除有一间办公室外，还有一间是休息的地方。听秦丽说公司晚上经常加班，中午也不能回去，累了可以躺这儿睡觉。南家荣新来有些事也不便多问，熬到下午下班，就高高兴兴地回家了。

一到家，南家荣就把自己找到工作的事跟黄婕说了，连那一千块钱也如数交给了黄婕，黄婕脸上总算有了笑容。

南家荣见黄婕有了笑脸，就跟她商量道：“有这一千块钱也够咱们用了，往后你就别再去茶园了。”

黄婕一听这话，笑脸又收回去了：“你别拾个苍蝇拍就冒充打猎的，才挣这么一点钱就支派我来了，就你这点钱还不够我买化妆品呢！”

南家荣依然好言好语地说:“现在情况都不好，钱少咱们节省点用嘛，今后我把烟酒戒了，你就不要去茶园了，那不是啥好地方。”

黄婕一下跳了起来，吼道：“南家荣，你别往我身上泼脏水，以后你少管我的事！”说完摔门扬长而去。

南家荣本来满心欢喜却闹了一肚子气，一气之下就给黄婕留了个纸条，说自己到外地出差去了，然后拿上洗漱东西就到公司住了。南家荣决心多挣点钱，到时候看黄婕还怎么说。

南家荣到公司几天了，蔡青也没给他安排啥事干。南家荣见蔡青他们忙得很，却弄不清公司开展的都是啥业务，白天不见怎么忙，一到晚上，人是进进出出的，来的大多是些扮得妖里妖气的女人和阔老板。

又过了几天，南家荣终于憋不住了，就找到蔡青，一见面就说：“师姐，我可不是来这儿吃闲饭的，你要是再不给我安排工作，我这就走人。”

蔡青一听就笑着说：“想干工作了？”

南家荣说："我总不能光拿钱不干活吧。"

蔡青想了想说："那好吧，我问你，打麻将你会不会？"

南家荣没想到蔡青会问这个，面露难色地说："会点儿。"

"打得怎么样？"

"压根儿就没赢过。"

蔡青笑了笑，喊来秦丽说："你去教教你荣哥，晚上让他上场。"

秦丽把南家荣领到她屋里，跟南家荣讲了些手势暗语之类的技巧。南家荣一听，吃惊地说："这不是骗人吗？让人家发现了那还了得！"

秦丽"扑哧"一笑说："瞧你的胆儿吧，套都下好，能让他看出来？咱们就是吃这碗饭的。你还没入行，我跟你讲，今天晚上我带来的人照行话说就叫'菜'，我就是'采购'，而你们就叫'叨客'。来的这些人，不是有权的就是款爷，他们的钱来得容易，赢他们点他们也不在乎。你长得帅又有气质，最适合干'采购'，要不蔡姐也不会看上你，想办法把你弄来。"

南家荣听完秦丽的话，心里七上八下。他想不干，可一想到不干回家还得受黄婕的气，就犹豫了，最后他决定先在这儿混混，看看再说。

晚上，秦丽领来一个中年胖子，不知道是哪个局的局长。南家荣、黑哥、白哥同胖子打，秦丽就坐在胖子身边，时不时给他们递暗号。打到后半夜，胖子就输了一万多块钱。胖子急了，骂了句："真他妈的背气！"骂罢，把牌一推，不打了。

秦丽马上站起来，柔声细语地说："牌场失意，情场得意，总不能两头都占吧。"说着就在胖子耳边嘀咕了几句。胖子一听哈哈大笑，搂着秦丽出门开车走了。

南家荣打完这场牌就有点害怕了，他找到蔡青说："师姐，这活我干不来，你能不能给我换换工种？”

蔡青听了就捂着肚子笑道：“你呀，真是老实得可爱，这活还不好，玩着就把钱挣了。”说着又拿出一千块钱递过来，“这是你的奖金。”

南家荣没敢接这钱，说：“师姐，我怕出事呀。”

蔡青把脸一沉说：“这你怕什么呀，打牌挣的钱也是劳动所得，再说这些人有一个好的吗？他们的钱来路正吗？我们这么干，就叫劫富济贫。”

南家荣对蔡青的话将信将疑，再想想有了钱也许黄婕就不会去茶园了，夫妻感情也许会好起来；自己在这儿干，总比黄婕在茶园和那些不三不四的人瞎混强。于是，就拿上钱回房间睡觉去了。

从此以后，隔三岔五，蔡青就安排南家荣参加牌局。根据来人的情况，有时和白哥、黑哥配合，有时跟蔡青、秦丽联手，总是赢多输少，有时一夜能赢两三万。时间久了，南家荣也就渐渐习以为常了。

假意真情

这天傍晚，蔡青让南家荣陪她去海鲜城吃饭。路上，蔡青对南家荣说：“今天晚上咱们要见的这个人，是我才认识的一个款婆，很有钱，听说离婚了，还是单身一人。我跟她说你也是离过婚的人，今天我安排你们认识一下，往后的事就看你的了。”

南家荣为难地说：“师姐，我还没离哪，这样说不好吧？”

蔡青瞪了南家荣一眼：“有什么不好？这也是工作需要。”

南家荣又问：“她的钱也是来路不正？”

蔡青不耐烦地说：“有钱的人有几个来路正的？”

南家荣没敢再说什么，于是蔡青就又给南家荣讲了些处理这类事情的技巧。

到了海鲜城，他俩走进去，蔡青挑了个靠窗户的座位坐下来。蔡青一边点菜，一边不停地朝窗外张望。

南家荣心神不安地问："是不是约好了？"

蔡青瞅着窗外说："急什么呀，好事多磨。你瞧，那不是来了吗？"

南家荣顺着蔡青手指的方向朝窗外望去，只见一辆红色神龙富康驶到了海鲜城门口停下，从车上下来一位身材娇美的少妇。等少妇走近，南家荣才看清了她的长相，这是张漂亮的脸，虽然已不像少女那么鲜嫩，却有着一种独特的风韵。南家荣心想：这个女人年轻时一定非常漂亮。

那少妇一落座就忙不迭地道歉："对不起，不好意思，广州来货了，我刚从车站过来。"

蔡青笑着说："没关系，我们也刚来一会儿，菜我点了几个，你喜欢吃什么你再点。"

少妇客气地说："行了行了，我很随意的。"

蔡青一边招呼他俩动筷子，一边介绍："这就是南家荣先生，我的一个小师弟，在市青年豫剧团当演员。这是夏子樱女士，我的好朋友，红袖服饰行的老板。"

南家荣和夏子樱两人对视了一下，笑了笑，算互相认识了。

蔡青给夏子樱夹了一只海蟹，问："你们年龄差不多吧？"

南家荣说："我二十九。"

夏子樱说："我也是。"

南家荣接着说："我七月。"

夏子樱惊诧地说："我也是。"

南家荣又问："你总不会是七号生的吧？"

夏子樱惊喜地说："不会这么巧吧？我真的是七号生的，这太有意思了。"

其实南家荣根本不是七月七日生的，这都是蔡青故意安排的，她知道女人大多相信缘分。

蔡青在一旁接过话说："看来你们真是有缘分。来来来，咱们边吃边聊。"

这顿饭就这样在说说笑笑中吃完了。蔡青结完账，对南家荣和夏子樱说："你们再玩会儿，我有事先走了。小荣，我把子樱交给你了，你可要服务好啊。"

送走蔡青，南家荣对夏子樱说："你喜欢去哪儿？"

夏子樱想了想说："天太热，咱们去游泳吧？"

游泳是南家荣的强项，他爽快地答应了，于是两人开车到了碧清泉室内游泳馆。游泳馆里，南家荣充分展示了男人特有的魅力。他英俊的长相，健美的身材，以及优美的跳水和游泳动作，引来不少女性爱慕的眼光，这使夏子樱增添了十分的骄傲和自豪。他们尽情地在水中嬉戏、畅游，一直玩到闭馆才恋恋不舍地离开。

南家荣把夏子樱送到她别墅的家门口，夏子樱请南家荣进去喝茶。南家荣根据蔡青事先策划好的欲擒故纵的计划，就说："太晚了，改天吧。你也累了，好好休息休息。"夏子樱要送南家荣，南家荣谢绝了。

夏子樱递给南家荣一张名片，说："有空跟我联系。"南家荣笑着点点头。等夏子樱进了屋，南家荣才拦了辆"的士"回到公司。

蔡青她们还在那儿打牌，见南家荣回来就问怎么样。南家荣说了句："搞定。"就睡觉去了。

一连几天，南家荣故意不跟夏子樱联系。夏子樱憋不住了，主动找蔡青问南家荣在哪儿。蔡青装模作样说："我也没见到他，等见到他一定替你带个话。"

又过了几天，南家荣才给夏子樱打电话，说自己刚从外地演出回来，一下车就马上跟她联系了。晚上，两人又见了面。夏子樱拿出一部手机递给南家荣说："前天是咱俩的生日，这是我送你的生日礼物。"

南家荣一惊，马上解释说："瞧我一忙把生日也忘了，我怎么好意思收你这么贵重的礼物呢。"

夏子樱说："你常出外演出，有了它咱们联系也方便。"

南家荣收下手机对夏子樱说："蔡青想请我们去打牌，咱们去吧，省得她说咱们重色轻友。"

夏子樱说："好吧，我回去拿点钱。"

他们来到公司，支桌洗牌打了起来。今天上场的是黑哥、白哥和蔡青，南家荣就在一边看。他看了会儿，突然想起了黄婕，于是就对夏子樱说："你在这儿慢慢玩，我出去办点事，一会儿就回来。"

夏子樱关心地说："开我的车去吧，路上小心点。"

南家荣开车来到戏曲茶园。他快一个月没见妻子黄婕了，心里想得慌。可进去一问，经理说她今天有病没来。南家荣一听，心里怪不是滋味，急忙开车往家里赶，路上他特意买了些水果和补品。

南家荣匆匆回到家，打开门，里面的情形却使他差点晕倒。呈现在他眼前的是黄婕和一个中年胖子在床上正闹得欢哪！南家荣的突然出现，使黄婕和胖子措手不及，两人呆若木鸡。

南家荣一眼就认出了，这个胖子就是那天秦丽领到公司打牌的那个什么局长。南家荣真想冲上去掐死这对奸夫淫妇，可他没有这么做。他把水果和补品“嗵”扔到地上，冷冷地说:“打扰你们了，请继续！”说罢，摔门开车走了。

南家荣在路上买了些酒菜，开车飞似的回到公司，一个人在房间里，喝了个酩酊大醉。

同命相怜

等南家荣酒醒过来，已是第二天的傍晚了。他拿出手机看了看，有十几个未接电话，都是夏子樱打来的。

南家荣想了想，拨通了夏子樱的手机，里面传来夏子樱焦急的声音:“是家荣吗，你昨晚是怎么了？”

南家荣编了个谎话：“昨晚我的一个很好的朋友死了，我有点难过。现在没事了。”

夏子樱安慰说：“你别伤心了，人死不能复生。你现在在哪儿？我开车来接你，咱们一起吃饭。”

南家荣说：“我不想在街上吃了。”

“那就去我家吧，我这就通知张嫂准备，你在哪儿等我？”

“体育中心吧。”南家荣说完就关了手机。

南家荣步行走到体育中心，夏子樱已经等在那里了。南家荣上了车，夏子樱一见南家荣就关心地说：“瞧你的脸色多难看，今后可别喝那么多酒了。”

南家荣点了点头，接着明知故问地说：“昨晚输了赢了？”

“输了八九千块钱。我就知道要输，俗话说，情场得意，牌场失意。谁让我遇上你了呢。”夏子樱说着，对南家荣甜甜一笑，然后发动车子向家驶去。

到了夏子樱的家里，张嫂已经把饭菜做好了。夏子樱对张嫂说："你回去吧，这里没事了。"张嫂把饭菜摆好就走了。

菜是两荤两素，粥是黑米熬的。南家荣从昨晚到现在粒米未沾，他饿坏了，一见香喷喷的黑米粥，不等夏子樱招呼，就狼吞虎咽吃起来，逗得夏子樱在一旁"咯咯"直笑。南家荣吃饱后，才不好意思地说了声："这粥太好吃了。"

吃完饭，夏子樱领着南家荣参观她的房子。这是座具有欧式风格的两层小楼，客厅宽敞明亮，格调温馨淡雅。木质的内楼梯铺着红地毯，绿色植物点缀其间，屋里显得生机盎然，几幅名人的油画更衬托出女主人脱俗的性格。再看外面是个小院子，一边是个小草坪，一边种了不少月季和兰花，更显得清新幽雅。南家荣心里暗暗估算，这所房子起码值八九十万。

转了一圈，他们又回到客厅。南家荣坐到沙发上，点燃一支烟，夏子樱端过来糖果和瓜子。两人静默了很长时间，谁也没说话。不知什么时候窗外下起了小雨，打得树叶沙沙响。

南家荣打破了沉默，他问夏子樱："你是因为什么离婚的？"

夏子樱凄然地轻轻叹口气，就开始讲述她的故事。

几年前，夏子樱是某机关的一个档案管理员，是全机关人见人爱的一枝花。当时涉世未深的她，经不住办公室主任范宇的甜言蜜语，海誓山盟，就同意和他结婚了。她哪里料到范宇竟是个拈花惹草的色狼！直到有一天，一个挺着大肚子的少女闯进了她家里，她才如梦初醒。恰在这个时候，组织部门来单位考察领导班子，范宇很有希望升任副局长，他怕少女去单位闹事影响自己的前程，回家就软硬兼施逼着夏子樱离婚。

夏子樱是个要强的女人，一气之下就离了。

“那你怎么想起来做生意了？”南家荣想知道夏子樱为什么会这么有钱。

夏子樱继续说道：“离婚以后我再也不想见到范宇，就把工作辞了。当时是一无所有，为了更好地生活，我东奔西走，碰了许多壁，但我没有屈服，决心成为最有钱的女人，于是就开始做生意。刚开始我是卖女人的内衣内裤，后来就改做服装专卖。俗话说：商场如战场，一个初涉社会的女子，真够难的。但我不怕苦，不怕难，一个人下广州、去威海，满世界跑着进货，整天提心吊胆不说，有时连饭也吃不上一口。为省几块钱，一百多斤的大包我一个人从车站往外扛……”

夏子樱说到这儿，眼里噙满了泪花，她长长舒了口气说：“老天不负有心人，后来就好了。我的生意越做越大，在外市我就有五个连锁店。现在我算是有钱了，生活也安逸了，可想想还不如那个时候充实快乐呢。”

南家荣听完夏子樱的故事，心里有一种说不出的滋味。他心里想：她是个受过伤害的女人，却并没有因此而消沉，而是对生活充满了信心和希望。她并不是蔡青说的那种人，她的钱是自己辛辛苦苦挣来的。这么一想，南家荣在内心萌生同命相怜的感叹，对夏子樱产生了一种由衷的敬意，同时，也陷入了痛苦的自责之中。他想到了那个虚伪的范宇，再想想自己要干的事和范宇有什么区别，不同样卑鄙下流吗？

南家荣感到浑身燥热，就起身走到窗前，打开窗户。他想让小雨冲洗一下他那肮脏的灵魂，让夜风拂去笼罩他心中的乌云。

夏子樱悄悄来到南家荣的身边，轻轻挽住南家荣的胳膊说：“说说你的故事吧。”

南家荣真不想再继续欺骗夏子樱了，可他现在还不敢向她说明，他怕她经受不住这个打击，更怕失去她。因为从刚才那一刻起，南家荣已经深深地爱上了这个女人。

南家荣忍受着一种难言的痛苦，想了想说："我和你的情况差不多，我媳妇也是个演员，剧团不景气，她非要去戏曲茶园唱戏不可，时间长了就和一个有钱的胖子勾搭上了，在家里被我发现了一次，所以我们就分手了。"

南家荣觉得他这些话并没有骗夏子樱，他只是把以后将要和黄婕离婚的事提前说了出来。这时，他感到他的手臂被夏子樱挽得更紧了。南家荣心里对夏子樱说：以后我会跟你解释清楚的。

"好了，咱们不说这些不愉快的事了。"夏子樱拉着南家荣坐回到沙发上，"我有个建议，家荣你能请几天假吗？陪我去一趟广州，你也好出去散散心。"

南家荣想了想说："行。"

这时，屋里的时钟响了，不知不觉已是夜里十二点了。夏子樱轻声细语地问南家荣："天晚了，还下着雨，如果可以就住这儿吧？"

南家荣听夏子樱这么说，激动得几乎要大哭大喊起来。他尽力克制着自己的感情，他觉得他现在不能这样做，这对夏子樱不公平！于是，他婉转地说："不，我还是回去准备准备。"

第二天，南家荣就对蔡青说家里出了点事，需要请几天假。蔡青看了南家荣一眼，似乎已看出他的心思，但她没说什么就同意了。中午，夏子樱和南家荣就坐上了去广州的飞机。

夏子樱这次去广州，是和一家制衣公司签订服装专卖合同。他们到了广州，没有休息就直奔那家公司。南家荣对谈生意是个外行，只好坐在一边静静地听。他感到夏子樱谈生意果然沉着老练，处处透出一个女商人的精明强干，谈笑间，合同就按她事先设计好的结果签下来了。

办完了正事，他们在广州又逗留了两天。虽然南家荣尽力推却，但夏子樱还是给南家荣买了许多东西。然后，他们又到了桂林。一路上，两人有说有笑，形影不离，别人都还以为他们是出来旅行结婚的伉俪呢。

在游漓江的船上，两人置身于美丽的山水之间，心情格外好。南家荣见周围没人，犹犹豫豫地拿出一个精美的首饰盒，对夏子樱说："子樱，我没有什么钱，买不起很贵重的礼物送给你，这是我的一点心意，希望你能喜欢。"

夏子樱惊喜地接过首饰盒打开一看，里面是一条做工精美细致的白金项链。"真是送给我的？我太喜欢了！"夏子樱天真地笑得像个孩子，"家荣，给我戴上。"说着，她转过身，把长长的秀发甩到一侧。

南家荣小心翼翼地把白金项链戴在夏子樱那白皙的脖子上。夏子樱扭过脸，两人贴得很近，彼此都能感觉到对方那颤抖的呼吸。夏子樱含情脉脉地望着南家荣："美吗？"

"美，非常美！"南家荣由衷地称赞道。夏子樱羞红着脸，不由自主地把头伏到南家荣的胸前。南家荣再也无法抑制自己沸腾的心潮，情不自禁地将夏子樱紧紧抱在怀里。两颗游离的心终于碰撞到了一起，消融在了美丽如画的山水之中……

黑道难离

从南方回来以后，南家荣就决定离开蔡青一伙，不再干这种伤天害理的事了。他要真心去爱夏子樱，过正常人的生活。

然而，南家荣把事情想得太简单了。当他向蔡青提出要走时，蔡青先是一惊，然后就像一头失去狼崽的母狼一样，两眼喷出幽幽蓝光吼道：“南家荣，你小子也太不江湖了，你想来就来，想走就走，你把我这儿当公共厕所了。告诉你，既然上了这条船你就别想下去！你是不是爱上夏子樱了，别以为你们去广州我不知道，别忘了夏子樱还是我介绍给你的，你信不信今天晚上我就能让人把她毁了！”

南家荣万万没想到事情会发展到这个地步，听蔡青说要毁夏子樱，这可把他吓坏了。为了夏子樱的安全，他觉得现在还不能跟他们闹翻，他不得不让步了。

蔡青见南家荣被她唬住了，就马上换了笑脸，拉住南家荣的手说：“小荣啊，不是姐说你，你真是小庙里的神，没见过大世面，才一个小小的夏子樱就把你的魂给勾走了，还怎么跟我出来混？比夏子樱更有钱有貌的女人今后你见的多得是。小荣哟，干咱们这一行的，不能动真情。行了，晚上把夏子樱约出来打牌。就这样吧。”

晚上打牌的时候，白哥正好有事，就让南家荣上了，场上是蔡青、老黑和子樱。南家荣故意不按事先设计好的暗号打，还老给夏子樱点炮。老黑气得脸都绿了，蔡青却不动声色，只是不停地吸烟。打到半夜，蔡青推说累了就不打了。这一场牌，夏子樱不但没输，反而赢了一千多块钱。

南家荣送子樱回去，路上，他们找了个饭馆吃了点夜宵，南家荣还特意要了瓶酒。吃饱喝足，当他刚把夏子樱送到家，手机就响了，是老黑打来的，说是有急事，让他赶快回去。南家荣知道是打牌的事，让蔡青生气了，回去不会有什么好结果，但他不能不回去。于是，他就对夏子樱慌称家里有急事，急急忙忙回到公司。

一进屋，南家荣就感觉气氛不对，黑白两人好似怒目金刚，瞪眼撑腰站着。老黑一见南家荣进来，冲上去就揪住了南家荣的领子，照他脸上就是一拳，南家荣的鼻子顿时血如泉涌。

黑白两人上去又是一阵拳打脚踢。老黑边打边骂：“你小子想吃里扒外，到这儿当卧底来了！”

南家荣抱住头，蜷成一团，任凭他们打，既不还手，也不说一句话。打了一会儿，蔡青和秦丽才从外面进来。蔡青给秦丽使了个眼色，秦丽上来拉开黑白两人，边拉边说：“快别打了，都是兄弟，点到为止就行了，还真打呀。要是把帅哥的脸打破了相，那可怎么得了。”说着，把南家荣从地上扶起来，搀到椅子旁坐下来，又掏出手帕给南家荣擦脸上的血。

“够了！”蔡青终于说话了，“小荣呀，你也别怪兄弟们，他们也是气不过。姐可是警告过你，你瞧瞧你这是何苦呢？今天这事就算了，从今以后，你不要再和姓夏的来往了。秦丽，今天晚上你好好陪小荣，给他身上敷点药，去吧。”

秦丽把南家荣搀到她房里，将南家荣扶到床上，把他的衣服脱下来，给他身上抹药。秦丽一边抹药一边对南家荣说：“荣哥，你以后就听大姐的吧，夏子樱有啥好的，女人还不都一样！今后你要是想女人了，就让我陪你，我最会伺候人了。”

南家荣只觉浑身像散了架，疼得头昏昏沉沉的，秦丽说什么他一句也没听清楚。他倒在床上，不一会儿就睡着了。

南家荣一觉醒来，也不知道是啥时候了，他顾不得身上的疼痛，首先想到的就是马上跟夏子樱联系，他害怕夏子樱出什么事儿。手机打通了，但就是没人接，再打，对方却关机了。南家荣心急火燎，一连打了几次，对方始终不开机。南家荣知道夏子樱的手机有来电显示，他猜想可能是夏子樱也受到了他们的威胁而不敢接电话。

南家荣更担心了，他觉得必须马上和夏子樱见面，向她当面说清楚。

于是，他忍着疼痛，走出房间，对蔡青说想回家看看，蔡青同意了。

南家荣出了公司，先打的赶到红袖服饰行，可营业员说老板不在，他立即又赶到夏子樱家里，大门锁着，敲了半天，没人理睬。就在这时，南家荣看到了路边的公用电话亭，他想，换个陌生电话号码打，夏子樱兴许会接，于是他抱着一线希望，拨通了夏子樱的手机。夏子樱果然接电话了，电话里传来她有些凄怆的声音。

南家荣欣喜若狂地喊道："子樱，子樱，你没事吧？你在哪里？我是家荣，你听我说……"

没等他把话说完，电话里传来夏子樱冰冷的声音："南家荣，你不要再给我打电话了，你这个骗子，你根本就没有离婚！"

南家荣急忙辩解："子樱，你听我解释！"

"我不要听你什么解释！南家荣，你不愧是做演员的，你太会演戏了！你老婆已经来我家和我店里闹得乌烟瘴气了。我告诉你，咱俩完了，你是一个高级的感情骗子，而你老婆更是一个下流的泼妇！"不等南家荣再说什么，夏子樱就气愤地挂断了电话。

南家荣望着手中的话筒，痛苦极了。他清楚黄婕肯定不会去干这事，这一切肯定都是蔡青指使秦丽干的。南家荣愤愤地搁了话筒，他知道他和夏子樱的关系这下算被这伙坏蛋彻底割断了。

铤而走险

南家荣心如死水般在街上漫无目的地游荡，一直荡到天大黑了，就走进路边一家小饭店里，要了两个菜一瓶酒，他想借酒浇愁。酒下一半，已有了几分的醉意，他想到了夏子樱，又想到了蔡青，越想越难受，越想越生气，把筷子一摔，他豁出去了，决定去公司找蔡青算账。

南家荣来到公司门口，就觉得有点儿奇怪，往日这时候人来人往，今天不知道为什么这么寂静。南家荣没想那么多，凭着几分酒意，一摇三晃就冲了进去，见蔡青的办公室里亮着灯，过去正要踹门，忽然听到里面传出蔡青的说话声。南家荣这时倒多长了点心眼，想听听她说啥，于是，就悄悄凑过去。

只听里面蔡青说："秦丽被警察抓进局子里了。她虽说是因为乱搞被抓的，但我担心由此会把我们全扯上，那样，咱们就全完了。"

南家荣一听这话，酒醒了大半，他侧耳继续往下听。"大姐，我看秦丽不会把咱们咬出来吧？"是老黑的声音。

"你懂个屁，她的嘴比她的裤腰带还松。警察一诈她，她不全说出来才怪呢。"蔡青说。

又听姓白的说："那怎么办？咱们总不能坐在这儿等警察来抓吧？"

蔡青轻轻点了一下桌子说："我看三十六计走为上！"她顿了顿又说，"但我们也不能白跑，我想过了，干脆一不做二不休，咱们晚上去夏子樱家干她一回，她不是很有钱吗？"

南家荣一听，惊得头皮发麻。他终于明白，这伙人不但利用搓麻将坑人，还是一帮劫匪！他这一惊一急，不想碰响了脚边的痰盂，他急忙躲到隔壁的厕所里，等了好大一会儿，听外面没有什么动静，才悄悄地走出来，到办公室一看，蔡青他们已不知去向了。南家荣心想坏了，他们一定是去夏子樱家了，于是没及细想就急忙给夏子樱打电话。她的手机没开，南家荣急得骂了句"该死的"，就又往她家挂电话，还是没人接。

南家荣暗暗庆幸夏子樱没有在家，他希望她一夜不回家才好哪。这时，南家荣心里十分矛盾，他不敢报警，怕跟警察一时说不清楚；自己亲自去，蔡青人多，又怕不是对手，反而害了夏子樱。

南家荣急得真像热锅上的蚂蚁，在屋里团团直转。过了一会儿，他不死心地又往夏子樱家里打电话。电话响了很长时间，终于，夏子樱接电话了。

南家荣一听是夏子樱，就急忙把情况跟她说了一遍。谁知夏子樱一点也不紧张，反而冷冷地对南家荣说："你别再演戏了，你说的这些谁信呀？告诉你，蔡姐就在我身边，你要不要跟她说几句？"夏子樱说完就把电话挂断了。

南家荣知道子樱被蒙骗了，急得双眼直冒火，他不敢再犹豫，马上给110报了警。110问他是谁，南家荣说："我是他们一伙的，你们要是不信，那就等着明天去收尸吧！"说完，急匆匆出门拦了辆"的士"，飞快地往夏子樱家赶去。

到了夏子樱的家门口，南家荣没敢从正门进去。他悄悄摸到别墅后面，凭着自己身上的功夫，无声无息地爬到了二楼晾台上。他从窗户一角朝里看去，只见夏子樱被绑在暖气管子上，嘴上封了胶带纸，蔡青正满屋子翻箱倒柜乱找着什么。

南家荣灵巧地闪进屋里，像逮鼠的猫儿摸到蔡青的身后，双手猛地掐住她的头，用力左右一拧，蔡青没来得及吭声就昏倒在地上。南家荣急忙过去给夏子樱松了绑，他看到子樱眼里噙着泪，示意她不要出声，呆在屋里别动。

南家荣走出卧室，看见黑白二人正在一楼客厅里东翻西找。南家荣急中生智，举起身边的一个花盆就砸了下去，那姓白的躲闪不及，被砸得当即昏了过去。老黑一见怒不可遏，拔出刀子上楼来就和南家荣拼命。南家荣怕伤着子樱，就从二楼飞身跳到一楼客厅里，老黑又撵到客厅，两人就“乒乒乓乓”打了起来。俗话说，好武术不打赖戏班。一来二去，南家荣就把老黑手里的刀子踢飞了。

眼看着南家荣占上风了，这时，夏子樱站在楼梯上想帮南家荣，也举起了一个花盆砸下去，没想到没砸着老黑，却把南家荣给砸趴下了。老黑一见乐得哈哈大笑，立即扑上去掐住了南家荣的脖子。就在这危急时刻，警察冲了进来。

蔡青一伙被抓走了，南家荣因涉嫌犯罪也被带进了公安局。经查，蔡青一伙是一个集诈骗、敲诈勒索和卖淫于一体，带有黑社会性质的犯罪团伙，里面多数成员都是劳改释放犯。南家荣因不是主犯又没有前科，所犯罪行轻微并有重大立功表现，检察院决定对其免于起诉。

南家荣在看守所里意外地收到了两样东西，一样是黄婕的律师送来的离婚协议书，一样是夏子樱托人送进来的营养品。

南家荣从看守所出来已是五天以后了。当他重新看到那湛蓝的天空，呼吸到自由的空气的时候，犹如噩梦醒来，对以前的所作所为悔恨交加。

夏子樱的那辆红色小轿车就停在看守所大门对面，当她一见南家荣从那铁门中出来了，便像只小鸟一样飞了过来。两人像久别重逢的亲人，紧紧地拥抱在一起，眼里都噙满了幸福的泪花。

亲热过后，南家荣拉住夏子樱的手说：“开车，去民政局。”

子樱红着脸问：“咱俩现在就登记结婚？”

“不，离婚！”

路上，南家荣用手机通知黄婕到民政局办手续。夏子樱不想见黄婕，就把车停在不远处等着。南家荣和黄婕进去，很快就办好了离婚手续。

南家荣从民政局出来，远远看见一个胖子和夏子樱在车前说话。南家荣走近一看，原来竟是那个什么局的局长。南家荣顿时怒从心头起，恶向胆边生，上去抓住了胖子的衣领骂道："你小子勾引女的有瘾是不是？我揍死你！"

夏子樱一见急忙上前劝阻："家荣，你不要这么鲁莽。"

南家荣咬着牙说："他就是我说的那个胖子！"

夏子樱一听，瞪了胖子一眼，对南家荣说："跟这种人还有什么可说的，狗改不了吃屎，咱们走。"

上了车，夏子樱对南家荣说："你知道他是谁？"

"谁？"

"范宇。"

南家荣听罢，愣了半晌才说出了一句话："生活真是……"

夏子樱接道："这就是生活。"

两人正说着，突然一个人横穿马路，夏子樱一个急刹车，险些撞上那个人。南家荣情急之中喊了声："小心看路！"惊险过后，两人互相看了看，都为那句含有哲理的话笑了。

是啊，一个人一生要走很多路，无论出现什么情况，都要小心看路，一路走好。

（耿忠民）

（题图：杨宏富）

沉默·隐情

c h e n m o   y i n q i n g

爱不是恨的反面，正如谦卑不是虚荣的反面一样。

傻大嫂吃醋

惠民街上有个大嫂，她走起路来像阵风，说起话来像敲钟，与丈夫阿二有时候好得割头换颈根，有时候打得鼻青眼也肿。几年来，一直是这样，大家都觉得她神经有点不正常，都叫她傻大嫂。

傻大嫂的丈夫阿二是建筑公司的油漆工，天天要半夜三更才回家，说是下班以后还在外面捞外快，帮人家做工。随便丈夫啥时候回来，傻大嫂从不放在心上，也不从横里去想。

这一天，傻大嫂吃完晚饭，就看起了电视，看着看着，大门“砰”地被推开，急匆匆走进一个人来。听脚步声，傻大嫂就知道是丈夫回来了。她身子没有挪动，只是歪歪头，谁知这一歪头，心里猛地一跳：只见阿二头发湿漉漉的，脸色雪白雪白。她心里嘀咕：病了？正要站起来，突然觉得不对，阿二下身穿的裤子不是自己的，再细一看，还是一条女人的裤子。傻大嫂心里“咯噔”了一下，两眼狠狠地朝阿二瞪了一下，坐下去继续看她的电视。

这时的阿二被她一瞪，低头一看，自己也吓出了一身冷汗。原来阿二天天晚归，并不是都在帮人打工，而是常常在公司副经理金贵的老婆小白菜那里。今天正好又与小白菜一起偷欢，谁知金贵出差提前回来了。听到开门声，阿二慌慌张张穿上裤子，越窗而逃，没想到穿的竟是小白菜的裤子。

眼下阿二心急火燎，他知道，只要傻大嫂一叫一闹，不到三分钟，整个街道全知道，万一被顶头上司金贵晓得，自己还会有好果子吃？一时间，阿二呆若木鸡。

这时电视节目已经结束，傻大嫂回过头来问阿二：“你说一声，心里装着谁？是我还是她？”

阿二一听，急忙跪着上去说马屁话：“真心爱着你，心里只有你！”

“别说了，心里真有我，就上来亲三个嘴巴！”傻大嫂也像电视里看到的一样，学起风流样了。

阿二急忙上去抱头就想亲，没想到傻大嫂用力一推，把阿二掀了个趔趄，弄得阿二莫名其妙。

“穿着别个女人的裤子，来亲我的嘴，哼！办不到！”

阿二一听，如梦初醒，急忙脱下裤子，一把扔到了床底下。

亲完嘴，傻大嫂就倒在床上，两腿八字伸开，还没等阿二转过气来，她的鼻子里已经在“呼噜——呼噜”地煽风箱了。

再说金贵回到家里，擦好脸，洗完脚，正想睡觉，突然见床的藤椅里有条油漆斑斑的裤子，拎起来一看，还是条男人的裤子，顿时打翻了醋罐头，一股火苗在心里烧起来，对着床上的小白菜吼道："这是谁的裤子？"

小白菜从被窝里探出头来一看，才知阿二与自己调错了裤子，心里多少有些吃惊．眼珠一转，说："这是我从外面拾进来当抹台布的。"说完往里床一翻，给了金贵一个冷背心。

金贵向来怕老婆，眼看着如花似玉的小白菜，想打伸不出手，想骂开不出口，只好反复研究着手中的裤子。突然觉得这条裤子好像看见有人穿过，再一想，对了，是阿二常穿的工作裤！于是把裤子卷卷好，放进了包里。

第二天一早，金贵拎着包，朝阿二家走去，阿二不在家，只有傻大嫂一人在烧早饭。金贵一心想从傻人嘴里探得真情，于是开口就问："昨天你家阿二是什么时候回家的？"

"下了班就回来了，晚上一起看电视，看完了电视还亲了三个嘴，才上床睡！"傻大嫂傻乎乎地一面回答，一面只顾烧她的早饭。

金贵还不死心，故意说道："你知道不知道，你家阿二在外摘野花，拈野草，你要管教管教！"

一听这话，傻大嫂可动了真火，把灶上的铲子甩得"乒乓"响，拉开嗓门喊："你是嘴里无啥嚼，嚼你的大头蛆，告诉你，阿二心里装的只有我。"说着转过身去，屁股朝着金贵。

金贵讨个无趣，只好掏出最后一张王牌，从包里抽出一条裤子，恶声恶气地说："你还护着他，我问你，他的裤子为啥会脱到我的房间里？"

傻大嫂接过裤子摊开来一看，马上像宝贝一样地夹在腋下，嘴里连叫带骂："这个死鬼，害得我寻穿天，原来他为了拍你的马屁，才丢的！"

“为我？”

“是的！上次阿二到你家漆家具，干得热了脱了，忘了没有带回来。”傻大嫂说着，扭开自来水龙头，洗起这条裤子来。

金贵见捞不到真凭实据，只得灰溜溜地从后门走了出去。

再说小白菜近来一直忐忑不安，既怕金贵追根问底，又怕傻大嫂吵上门来，遮遮掩掩怕见阳光怕见人。由于少了一条裤子，她决计要另添一条。一天，她剪了六尺布料，一大早就到风流缝纫店做裤子。谁知，她的行动都被傻大嫂看在眼里，傻大嫂拿着上次阿二穿回来的那条花裤子跟了过去。

一进店，傻大嫂如入无人之境，抚摸着小白菜手中的布料，傻乎乎地自言自语：“料子倒不错，不过好料子还得有个好式样，我这里有条裤，给你做个样。”说完，傻大嫂把裤子还给了小白菜。

小白菜接过自己的裤子，回味着傻大嫂的话中话，感到阵阵内疚，脸上红一阵，白一阵。

“如果觉得不好，就改改原样，重新做个样！”傻大嫂说完这句话，又像一阵风一样地走了。

小白菜眼泪夺眶而出，她心里暗想：谁说她傻，傻大嫂比谁都聪明！

（赵雪芬）

（题图：王志伟）

谁过生日

方满堂是恒来乡黄草棵子中学的退休教师，退休已经三年了，眼看又要过生日了。以往他过生日，都是召来儿女，摆上几桌好饭好菜，大家说上一些吉利话，然后吃得红头赤脸，哈哈一乐之后，各自回家。一年一年地这么重复着，方满堂感到单调，随着观念的更新，今年过生日，他准备出门走走，看看祖国的大好河山。

方满堂本想带上老伴，可老伴舍不得家中的坛坛罐罐，更离不开孙子、驴子、鸭子……无奈，方满堂带足了钞票，独自出门上了路。

他计划生日那天赶到永州，到大儿子家住几天。他的大儿子方增多在税务所工作，儿媳淑芹是幼儿园的阿姨，他们已经有四五年没来家了，他有点想孙女。

方满堂一路风尘，到儿子家时，增多和淑芹正在忙着做晚饭，只见桌上摆着炸鱼虾、蒸焖肉、炒鸡蛋、大螃蟹……方满堂有些纳闷了：莫不是他们记住了我的生日，知道我今天要来？

儿子还没顾得上安顿好他爹，这时陆续又来了几位客人，增多忙把爹介绍给了他们，他们一听都肃然起敬，赶紧给老爷子点烟。

儿子、儿媳又去了厨房，方满堂和客人们说话不对脾气，也跟着去了厨房。他问儿子，你煎炒烹炸的，又来了客人，这是咋讲？增多和淑芹交替着说，都是些好朋友，又常受人恩惠，不仅是保持关系，也是图个热闹。他们并没提方满堂过生日的事，而且增多回过头来反而问爹，您咋想着出门了，出来多少日子了？方满堂便说，总待在家里精神不舒展，前些日子挖草药，弄了些外快，出来逛逛，也没提过生日的事。

开饭了，方满堂被推到了首位。没等动筷子，一位客人拿出一盒生日蛋糕和两支蜡烛，说："过生日嘛，就得像个过生日的样子——""嚓！"点着了蜡烛，插到了蛋糕上。

方满堂一愣，这是怎么回事？看样子，他们要为我过生日。不对呀，儿子都没提，他们是怎么知道的？

"慢点，慢点，"一位客人说，"我也带了份礼物。"说着从衣兜里拿出一件小小的衣服。

方满堂顿时清楚了，过生日的可能是自己的孙女。还没等他再想，有人已经喊起来了："快把娜沙请出来吧。"

方满堂又弄糊涂了："娜沙？莫不是位外国女娃过生日？"

方增多脸上带着笑，忙着点头，进了里屋，不一会儿抱出一条鬈毛狮子狗来。这条狗个头不大，画着眼圈，抹着口红，穿一件开裆彩服，头摇尾巴晃的。

客厅里顿时热闹起来，那些客人们叽叽喳喳地议论着，出着点子。"用爪子把蜡烛弄灭。”“当心，别烧了爪子。”方增多便抱着狗，抓着狗的一条腿去灭蜡烛。众人有节奏地拍着巴掌，唱着《祝你生日快乐》的流行曲，助着兴，那场面真是十分火爆热闹。

方满堂这才明白，儿子家养的这条狗，今天整两岁，这生日是给它过的。老爷子这个气呀：忘了我倒没有什么，为畜生过什么生日呀。当着这么多人的面，又不好让儿子难堪，只好尴尬地笑了笑，说了句："这小东西还挺娇贵的呢。”

一位金发女郎说:“老爷子,这可是名牌货,法国品种,要是花钱买呀,少说也得几千。”

“它能看家吗？”

“嘻嘻，人家这是宠物，是看的，玩的……”

大伙正唠着，有人敲门，开了门，进来一位五十多岁的婆娘，她是来向方增多交税的。方增多对娜沙的那股亲热劲儿已完全不见了，简直是在用鼻子哼哼："你交迟了，得罚款！这样吧，过两天到我单位来谈。”那婆娘见状，知趣地出去了。

方满堂见此情景，心里很不舒服，便推说乘车换船的身子乏了，独自到西屋躺下了。

夜间，方满堂在床上翻来覆去地睡不着觉，刚有点睡意，儿子进了西屋，把他给叫醒了。

“爹。”儿子好像有难言之隐，说话吞吞吐吐。“爹，我想和你商量点事……这个房间是娜沙的卧室，它在这儿住惯了，到东屋不适应环境，你看……这床是不是让给它？”

“什么？狗睡床？那我睡哪儿？”方满堂一时没转过弯来。

方增多又鼓了鼓勇气，说："爹，你能不能克服克服，到地上睡睡。

咱家地毯厚，和睡床也没啥两样。”

老爷子真的气坏了，想说：我俩谁是你爹？刚要发作，淑芹在东屋娇滴滴地开了腔：“增多呀，一宿两宿的怎么不能将就？爹都那么大岁数了，大老远来的，别惹他想不开，还是叫娜沙过来吧！”

老爷子又把话咽下去了，再说出话来味儿也变了：“一家人还客气啥？我就睡地上吧。”

方满堂睡不惯凉地，第二天起来后便觉得身上有些发沉，他见家人上班的上班，上幼儿园的上幼儿园，都出了门，觉得挺寂寞。好不容易熬到中午，儿子和儿媳手捧着大盒小盒的东西回来了，方满堂以为是给自己配的治感冒药，却不料淑芹取出一只奶瓶子，捣鼓了一阵，就给娜沙喂了起来。

方满堂感到挺奇怪，便问：“淑芹，你给它喂啥？”

“参茸护宝延生液。”

方满堂闻所未闻，惊得脱口说道：“这么贵重的东西喂狗？这也太浪费了吧！”

淑芹咧嘴一笑，不在意地说：“咱是公费医疗，这药医院能配。”

方满堂又气又恨，心里直骂：妈的，我们看病一次不得超过三元钱，还得要有医生诊断书才能报销，屯里农民患了病，有的没钱医治，只能拖着，而这条狗却享受高档补品，这真是作孽啊！

到了晚上，方满堂主动说：“这小家伙怪有意思的，让它跟我睡吧。”小两口见爹也喜欢上娜沙了，当时就答应了。

第二天清晨，增多和淑芹不见爹出屋，便去催他洗脸用饭，推开门一看，都大吃一惊！爹不见了，娜沙嘴角上挂着血，已死在了床上。难道昨夜这里发生了凶杀案？正在这时，他们发现娜沙身旁留有一张带血手印的纸条，增多和淑芹便争看起来……

纸条上写的是几句顺口溜：生日旅游，来到永州。儿子胡闹，爹不如狗。如此腐朽，令人作呕。发展下去，千古遗臭！斩草除根，望你回头。落款是：不是你爹的爹！

（文需众）

（题图：张恩卫）

悠悠寸草心

李成龙是一家单位的科长，最近他的顶头上司王处长的父亲病了，急需野生灵芝来医治，这可把王处长给难住了：现在市面上的灵芝都是人工种植的，一时半会儿，上哪儿去找野生灵芝啊？李成龙听到这个消息，却突然眼前一亮：真是活该自己走运！

原来，李成龙的老家就有一棵纯天然生长的灵芝。那还是五年前，李成龙的母亲李大妈无意中发现，她家屋前一截多年的老树桩上，突然长出了一棵颜色鲜艳的蘑菇，李大妈觉得这蘑菇不同寻常，就请村里的老中医来识别，老中医看后断定是灵芝，而且还是灵芝中的上品紫芝，药性很高，非常名贵。李成龙心想：只要自己回老家摘下这棵灵芝，解了王处长的燃眉之急，以后自己的前途可就一片光明了。

于是，第二天，李成龙开车回了老家。一下车，李成龙就朝家跑，来到树桩前一看，发现树桩已被母亲用铁丝网围了起来，透过网孔，隐约可以看到那棵灵芝已经冠大如盆，估计有两三公斤重了，红艳艳的非常诱人，李成龙恨不得马上把它摘下来。

这时，李大妈听到声响出来，见是儿子回来了，猛一阵惊喜。这也难怪，李成龙除了过年，平时很少回家。

李成龙把要摘灵芝的事向母亲说了，他原以为母亲为了他的前途，一定会满口答应，可谁知母亲听了以后，却出人意料地摇摇头，坚决地说："不行，这灵芝现在不能摘，我还想让它再长几年，听说时间越长价格越贵呢！"母亲神色凝重地对李成龙说，"儿啊，你想出人头地可以，但要凭自己实力，可不能走歪门邪道啊！"

李成龙见母亲不答应，心里很烦，便没好气地回道："好了，妈，我的事我自己会处理。"

李成龙以为他妈一心守着这棵灵芝，其实心里看重的是钱，所以就开始琢磨，用什么法子把灵芝摘了带回去。不一会儿，他就想出了个主意，便悄悄走到屋外打起了电话……

当天下午，一个夹着皮包的年轻人来到了李大妈家，对李大妈说他姓孙，因母亲生了重病，需要野生灵芝医治，他愿意出一万块钱，买下这棵灵芝。

李大妈闻言点点头，说："不错，你的孝心可嘉。不过你还是请回吧，这棵灵芝，出多少钱我都不卖。"

在旁边听着的李成龙急了，因为这小孙正是他的下属，是他打电话特地约来一起演戏的。李成龙赶紧悄悄朝小孙伸出三个手指，意思是出三万，他心里想：反正妈平时舍不得用钱，等到百年之后，这三万块钱还不又都回到自己手里？

机灵的小孙立刻心神领会，忙对李大妈说："大妈，我愿再加两万，一共三万，怎么样？这可是天价了，你若再不卖，过了这个村可就没这个店了。"

李大妈见小孙突然开价三万，一怔，但很快又回过神来，斩钉截铁地说："不行，我说过了，出再多的钱我都不卖。这棵灵芝，我是留着自己吃的。"

李成龙听他妈说要留着自己吃，大感意外：妈这是怎么了？平时连家里鸡下的蛋都舍不得吃一个，要攒着卖钱，现在却舍得把这么贵重的东西一口吃了？

李成龙忙在一旁劝道："妈，三万块啊！人家肯出三万块，你就卖了吧，有了这三万块，你什么补品不能吃啊？再不行，我以后买一棵比这更好的灵芝给你。"

可谁知李大妈就是铁了心，说："我就吃这棵自己看着长大的灵芝，吃着放心。"

他妈把话说到这地步，李成龙没辙了，只得示意小孙离开。不过他并没有死心，对这棵灵芝是志在必得。

不久，单位里一个副处长要退休了，为了这个接班问题，几个科长之间竞争非常激烈。李成龙心里忍不住又琢磨起来：如果这次给王处长送野生灵芝，自己的胜算一定会大大增加。他脑子一转，又计上心来，忙打电话给小孙。

小孙听李成龙如此这般一说，惊呆了，结结巴巴道："科……科长，你是……是叫我晚上……上去偷？这……不太好吧？"

李成龙立即正色道："这有什么不好？你别以为我全是为了王处长，

我也是为我妈着想啊！自打发现这棵灵芝，我妈就一天到晚提心吊胆地盯着，生怕被人偷走，她这把年纪了，哪经得起这样折腾？今天下午我先回去，你半夜来，帮我把灵芝摘了，她顶多伤心一阵子，往后日子就安宁了。”

小孙一听，这话不是没道理啊，只好答应下来。

到了半夜，等候在村口的小孙悄悄地靠近了李大妈的屋子。他蹑手蹑脚地走近树桩，正准备破网而入，突然听到李大妈在屋里高喝：“屋外是什么人？”又吩咐李成龙，“成龙，你快去看看，是不是有人来偷灵芝了？”

李成龙这时正在门口等着小孙呢，被他妈一声喝吓了一跳，赶忙回道：“妈，我看了，没人，你就放心睡吧！”

可不知怎么，李大妈就是不放心，她下床开门，想亲眼瞧瞧。这一瞧，正好看到小孙穿过铁丝网要去摘灵芝，李大妈立即扯开嗓子大喊起来：“来人啊，抓小偷啊！”

小孙一听吓坏了，李成龙急得直朝他摆手，意思是叫他别管，摘了灵芝就跑。李成龙知道，这次要是摘不成，他妈以后一定会提高警惕，再下手就更难了。

小孙见有李成龙撑腰，便壮起胆子，恶狠狠地对李大妈说：“你别过来啊，过来我就不客气了！”

李成龙顺势一把拉住他妈，说：“妈，算了吧，这种歹徒个个穷凶极恶，他什么事做不出来？我们还是破财消灾吧！”

可李大妈却不知哪来的力气，一把甩开李成龙，出门就朝小孙猛扑过去。就在这一刻，惨剧发生了：因为太着急，李大妈一个踉跄跌倒在地，头撞在一块石头上，马上失去了知觉。

李成龙见状不由大吃一惊，抱着他妈直喊："妈，你怎么啦？怎么啦？"

小孙吓傻了，连声道："科长，这不关我的事啊……我都是按你说的……"

他话没说完，就被李成龙打断了："你还愣着干什么，还不快找医生去！"

这时候，邻居们闻声都赶来了，还叫来了村里的老中医。可是直到天亮，李大妈也没有醒过来。守候在一旁的老中医忧心忡忡地对李成龙说："唉，只怕是气血涌上脑门，你妈一时半会儿醒不了啊！"

李成龙一听，眼泪流了下来。父亲早逝，是母亲含辛茹苦把自己养大，可自己却没能让她好好享过一天福，今天又把她害成这样……

想到这里，李成龙飞快地跑出屋，把那棵灵芝狠狠地摘了下来，拿到水龙头下仔细地冲洗，准备煎了给他妈喝。至于什么前途，什么副处长，这时候在他心里都不重要了。

老中医看着李成龙这个样子，半晌，叹了口气，说："孩子，你真以为这是棵灵芝？"

李成龙闻言大吃一惊，低下头细看，不是灵芝，这是什么呢？

老中医叹息道："原来你妈什么都没告诉你呀？这不是灵芝，只是一种普通的蘑菇啊！"

蘑菇？李成龙再次细细打量，果然觉得灵芝似乎没这么软，也没这么多水分。可转念一想，他又不信了："不会的，这肯定是灵芝，如果不是灵芝，我妈怎么会当宝贝似的看着？怎么会拼了命也不让人摘走？老先生，当年不就是你亲口当着村里人的面，说这是棵名贵的灵芝吗？"

老中医潸然泪下："这都怪我，当初真不该听你母亲的话，帮她撒这个谎。要知道，你母亲这一片良苦用心，全是为了你啊！"

李成龙不解，老中医便说出了一个秘密。

其实，老中医当年一眼就看出这是一棵普通的蘑菇，只是外形和灵芝十分相像而已，可李大妈却央求他，要他无论如何也要把这蘑菇说成是灵芝。老中医觉得奇怪，问为什么，李大妈这才说出了自己的满腹心酸。

李大妈就李成龙这一个儿子，自从儿子在城里当了官又安了家之后，村里人都说李大妈该跟儿子进城享福了。可城里的儿媳却不愿李大妈和他们同住，李大妈于是只得孤苦伶仃地呆在乡下。李大妈怕村里人说她儿子不孝，为了顾全儿子的名声，她就想到了用蘑菇来冒充灵芝，这样，她就可以用看护灵芝为借口留在乡下，也就不会再有人怀疑李成龙的孝心了……

听了老中医的这番话，李成龙只觉得万箭穿心，他扑倒在母亲床前，放声大哭："妈，孩儿不孝啊，是孩儿不孝啊！妈，你醒醒，你快点醒醒啊……"

（佘远香）

（题图：张恩卫）

外面的世界

身材矮小的吴可从小就是个孤儿，当年是一个修自行车的老汉收养了他，老汉死的时候吴可已经二十六七了，于是就做了修车铺的铺主，后来又找了个乡下姑娘成了家。这乡下姑娘叫张翠兰，长得柳眉杏眼，身材高挑，与吴可站在一起一点不般配，但吴可是手艺人，又经营着个小铺子，所以左邻右舍都认为他们这个婚姻是双方各得其所。

结婚后，小两口夫唱妇随，一年后又有了一双儿女，小日子过得挺滋润。没成想，后来地方经济不景气，修车铺生意不好，两口子见周围不少人都出去打工闯天下，不觉也动了心，于是就把一双儿女寄养到外婆家里，两个人加入了进城打工的队伍。

外面的世界不去不知道，一去才发现，打工哪有这么简单，小两口满世界地跑，找了一个月工作都没有着落。他们嫌回去丢脸，万般无奈之下只好靠拾垃圾度日。其实在城里，就是拾垃圾也大有学问，真正规规矩矩地拾，混个日子都难，而那些发了财的，往往都是连拾带偷地干。他们那伙内人都知道，偷的最好去处就是那些建筑工地，只要偷上一根钢筋，转手就可以卖个百八十元。发财谁不想？但吴可和张翠兰都是本分人，没敢起那贼心，所以虽说拾了几个月的垃圾，非但没挣到什么，反而把出来时带的钱都差不多花光了。

有一天，吴可终于按捺不住了：这样的日子什么时候是个头哇，还不如不出来呢！既然人家能干，咱们为什么不能干？咱不去拿，那东西不也被人家拿走吗？想到这里，他揣着一颗“扑扑”乱跳的心，便假装到建筑工地上去转悠，想找个机会好下手。哪知刚在工地上转了两圈，八字还没一撇呢，突然冒出几个彪形大汉，一把抓住了他，把他拉到一个黑屋子里，不由分说就是一顿暴打。吴可生性胆小，这阵势自然把他吓得魂不附体。

消息传到张翠兰那里，张翠兰吓得腿骨也软了，一路哭着到工地上来找人。满脸横肉的包工头看到张翠兰，淫笑着对吴可说：“他妈的，你小子艳福不浅嘛，自己长得猴儿样一个，找的老婆倒是靓！”

张翠兰哭着说：“我老公是本分人，他哪敢偷你们东西啊！”

“他是本分人？”包工头阴笑着说，“我们这儿刚丢了一千多元的东西，不是他偷的还会是谁？今天看在你靓妹的分儿上，你要是把钱赔出来，我们就放你老公走人；要是拿不出钱，嘿嘿……”

张翠兰一听要赔钱，急得就差朝他们跪下了，苦苦哀求说：“我们哪还有钱啊，带出来的钱也都用得差不多了啊！”

包工头围着张翠兰转了两圈，一脸坏笑地看着她说：“没钱也行，你留在这儿给我们做三天饭，算是给你老公抵账！”小两口没有办法，只好答应。

吴可被放了回来，可他这心哪放得下，眼前老晃着包工头的身影。第二天一早，吴可就急不可待地到工地上去找老婆。可不但没见着，一个小工头还捏着鼻子对他说："你老婆正跟我们老板享福呢，你想去打搅他们的好事？"

吴可一听大惊失色，赖在工地上怎么也不肯走，非要把老婆带回家不可。可整整等了一天，包工头也好，老婆也好，就是不见踪影。

吴可愣神儿了，心里把自己骂了一千遍都不止：谁让自己贼迷心窍跑到工地上去呢？现在怎么办，眼看着要闯大祸了呀！一连三天，吴可天天在工地上转，急得口干舌燥，眼冒金星鼻出血，可老婆就是半点音讯都没有。

半个月之后，那天，吴可正一个人在屋里发愣，突然，他老婆悄无声息地回来了。吴可一把抓住老婆的手不肯放，老婆却硬把他推开了。老婆塞给他一沓钱，轻声说："你回去吧。"

吴可问："你什么意思？"

老婆哽咽着什么话也不说，一转身，头也不回地走了。吴可愣了半晌，把钱撒得遍地都是，蹲在地上号哭起来。

后来，一起出来的几个同乡知道了这事，劝吴可说："你想开点，眼下这世道，哪个女人不向往花花世界呢？你还是拿了这钱回去，好好照顾两个孩子吧，说不定过几年她在外面过腻了，还要回来的。"没办法，吴可只好伤心地回家了。

可是回家的日子也不好过呀，左邻右舍流言四起，有的说吴可老婆在外面当三陪，有的说吴可老婆傍了大老板，吴可还得了卖身钱，吴可走到哪里，都有人指指点点。丈母娘也恨吴可这个女婿，好像女儿在外面坏了名声，全是吴可的错。吴可自己呢，承受旁人冷嘲热讽不说，失去了老婆，白天没人洗衣做饭，晚上没人暖床说话，一双儿女年幼无知，只会哭着喊妈。

日子实在过不下去了。这天，吴可把一双儿女送到丈母娘家，说是自己要去城里把老婆找回来。丈母娘眼看着女儿原本和美的家如今败落到这个地步，对吴可真是又气又同情；再说女儿再怎么没出息，总是老人心里的牵挂，所以叹了口气，也就催吴可快快上路。

这一去就是十多天，丈母娘天天在家扳着指头算日子，没想到吴可最后还是空着两手回来了，据说不但没见到老婆，就连她的什么消息都打探不到。吴可跺着脚对丈母娘说："我以后再也不会去找她了！"

可是令所有人都万万想不到的是，就在吴可回来不久，他老婆张翠兰却被人送回来了。原来张翠兰在城里遭劫，被歹徒打成重伤，身子躺在床上，动也不能动，包工头看她这副样子，立马就把她甩了。

张翠兰虽然卧床不起，但在吴可的眼里，他却觉得老婆回来了，这个家就有了往日的生气。吴可又干上他的老本行了，每天勤扒苦做，照料老婆，抚养孩子。

左邻右舍感慨不已，说这个吴可真是个有情有义的人，老婆来世给他做牛做马都还不清他的债。

第二年，张翠兰死了。临死前，她挣扎着对吴可说："老公，我对不起你！"

吴可泪流满面地说："翠兰，是我对不起你呀，其实……其实那个打伤你的家伙，就是我呀！"

张翠兰断断续续地说："你……你别说了，我知道……知道是你，虽……虽然你蒙着面，但……但我当时就认……认出你来了。我……我不怪你……”张翠兰挣扎着，话没说完就断了气。

吴可哭得晕了过去，给老婆下葬的时候，左邻右舍看他才三十几岁的年纪，却像个五六十岁的老头。

（袁文涛）

（题图：箭　中）

世事难料

新婚不久的富商哈代怀疑美丽动人的妻子苔莱季娜另有新欢，因为他最近发觉妻子时常背着他外出，而且拒绝与他亲热。于是，哈代出高价请私人侦探杰克跟踪苔莱季娜，想找出这个“第三者”究竟是谁。

经过半个月的跟踪调查，杰克发现苔莱季娜总是在哈代上班后满脸愁容地出门，而回来时却仿佛像换了个人似的，哼着歌，快乐极了。杰克断定苔莱季娜有了外遇，现在只差抓住证据，去向哈代交差了。

又过了半个月。这天，杰克得意洋洋地走进哈代的办公室。“哈代先生，我现在可以证明，您的怀疑是正确的。”

“哦，天！难道我的妻子真的是另有新欢了？”哈代惊异地站起来。

“是的，先生，我为您感到难过。”杰克同情地说。

“证据，证据！这太让我痛苦了，我宁愿这仅仅是我的错觉。”哈代其实很爱他的妻子。他一把抓过杰克的领口，憋得杰克简直透不过气来，“谁是那该死的第三者？告诉我！”

“先生，请别太激动。”杰克慢条斯理地拿出一张照片，说，“您看，这张照片是您的妻子，她笑得多么迷人，真让人心醉，这是我在教堂门口偷拍的。您再看这一张，”说到这里，杰克又拿出一张照片来，“您看，这是新来的牧师，26 岁，英俊潇洒，风流倜傥……”

“可是，这两张照片并不能证明我妻子对我不忠呀？”哈代不免感到疑惑。

只见杰克立即把两张照片拼在一起，意味深长地瞥了哈代一眼，说：“看，他们相视而笑！要知道，只有情人的笑容才会这么醉人，也只有情人之间的对视才会这么含情脉脉。苔莱季娜在您上班之后就偷偷溜到教堂去与牧师约会，我看见牧师每次都单独把她带到一个小房间去‘开导’……走出教堂时她满面春风，好不快乐；而在您面前，她却总是哭丧着脸……”

“别说了！滚，你给我滚！”哈代不愿再听下去了，他甩给杰克一叠钱，把他赶了出去。

哈代不知道自己是如何回的家，当苔莱季娜迎上来替他脱下外衣时，他再也不像以往那样尽力讨她的开心，只是用怪怪的眼光盯着她。随后，他便把自己关在书房里喝闷酒。“我该怎么办？怎么办？”哈代就像一只受伤的狮子，在书房里转来转去。

第二天哈代没有上班，他决定再雇个职业杀手去警告牧师，以解心头之恨。“听着，得盯住那个与苔莱季娜亲热的牧师，让子弹从他的耳朵上穿过，警告警告他。”哈代铁青着脸，咬牙切齿地命令杀手，并把苔莱季娜的照片递了过去。

这天，苔莱季娜和往常一样，等丈夫出门后，满脸愁容地拖着沉重的步子朝教堂走去，她万万没有想到的是，丈夫会跟在她的后面。她与年轻的牧师呆在一个小房间里，而哈代则站在门外，把耳朵贴在门上。从里面传出两个人的对话。

“怎么啦？苔莱季娜，你遇到什么不开心的事了？”牧师关切地问。

“我丈夫开始讨厌我，我感觉出来了。”苔莱季娜忧伤地向牧师哭诉。

“你没有问他为什么吗？”牧师感到很奇怪。

“没有。其实我知道他为什么生气……”

听到这里，哈代看到牧师的助手朝这边走来，哈代立刻闪到一边。牧师被助手叫走了，苔莱季娜依然坐在那儿等，她低着头，背对着门。哈代灵机一动，不知从哪儿弄来一套牧师服，穿上后走了进去。

哈代站在苔莱季娜身后，模仿着牧师的声音说：“苔莱季娜，你想向上帝说些什么呢？”

苔莱季娜浑然不知这一切，虔诚而痛苦地回答说：“我向上帝忏悔，我对不起我的丈夫。”

“为什么？”哈代感到自己的心要跳出了胸膛。

“我没有尽到做妻子的责任。”苔莱季娜喃喃道，“我拒绝与丈夫亲热。我好愧疚。”

“难道你从来没有爱过他？”

“哦，不，我很爱他，我只是太怕生孩子，我母亲就是因为生我弟弟而丢掉性命的。当初我看着母亲痛苦地死去，那情景我一辈子也忘不了……”

“哦，亲爱的小傻瓜，你怎么不早告诉我呢？”哈代满眼含着泪水，激动地一把揽住妻子的腰。

“天，怎么是你？”苔莱季娜转过头，望着哈代，大吃一惊。

“雨过天晴，太好了！亲爱的，请原谅我的冒失。”

苔莱季娜摇摇头：“是我的错，可我永远爱你。”

“让我们重新开始吧！”哈代深情地望着妻子。

这时，门突然被踢开了，只见一个戴着墨镜的人面无表情地闯了进来，他迅速朝他们扫了一眼。哈代立刻意识到这个人就是他雇用的职业杀手。他如释重负地朝他摆摆手，笑着说：“哈哈，老兄，事情搞清楚了，用不着你帮忙了，请回吧……”

“砰！”一声，沉闷的枪声打断了他的话，子弹从他的耳朵上穿过。

苔莱季娜尖叫一声，昏倒在穿着牧师服的哈代身上。

（吴文昶）

（题图：箭　中）

毒罐头

罗西最近总是和婆婆发生争吵，虽说都是因为一些鸡毛蒜皮的小事，可两人谁都不肯原谅谁。刚结婚的时候，罗西就跟丈夫比尔提出要和婆婆分开来住，可比尔每次都搪塞过去。现在，罗西终于忍不下去了，她准备自己和婆婆摊牌。

这天晚饭以后，比尔坐在沙发上陪他的母亲杰米森夫人聊天，罗西从厨房端出了三杯咖啡，也坐到了沙发上。

罗西一边递上咖啡一边说："妈妈，我和比尔想搬出去住，我们会在附近找一所房子，这样可以常常回来看您。"

杰米森夫人听到这话，显然有点吃惊，但随即又笑了起来，说："这想法太荒唐了！这房子很大，为什么要搬出去呢？罗西，亲爱的，你一点也不懂家务，至少等我教会你烹调和管理佣人后再离开吧。比尔已经习惯了舒适的生活，我觉得他一定愿意住在这儿。”

罗西立即把目光转向了比尔，她等着比尔说他宁愿跟她在一起，享受两人世界的快乐，饭菜不好吃一点儿也不重要。可比尔避开了罗西的眼光，轻声说：“妈妈可能是对的，我们最好还是先住在这儿，直到你学会管理家务为止。”

罗西知道，这不是真正的原因。真正的原因是比尔从小没有父亲，他很敬畏自己的母亲，也习惯了按照她的话去做。罗西很爱比尔，她不想让他为难，于是决定再忍耐一段时间，把家务全都学会，再找个中介把房子找好，到时候让杰米森夫人没话说。

一个月以后，罗西又旧事重提。晚饭时，她说她已经找到了房子，并把那栋房子的情况说了一下。杰米森太太起先不说话，过了一会儿，她掏出一块精致的手帕，开始默默地流眼泪。她抽泣着说：“我本来以为你们在这里住得很愉快呢。”

比尔显然吓坏了，连忙走过去说：“我们的确很愉快，妈妈。”

杰米森夫人抬起头，伤心地问：“那你们为什么要离开我？”

罗西立即解释说：“妈妈，年轻人应该有自己的生活，尤其是在结婚的开始几年。”

杰米森太太根本就不搭理罗西，她一直在对着比尔流泪。罗西知道，这是婆婆老一套的把戏，在比尔面前，她总是这副可怜的样子。

比尔终于屈服了，他轻轻地拍着母亲的肩膀，向她保证决不会搬出去住。

比尔送杰米森夫人回卧室休息了，客厅里只剩下罗西一个人，她已经绝望了，她知道自己说服不了比尔。

第二天早上，罗西没到餐厅去吃早餐，她宁愿一个人在房间里听广播。

“现在播报一条重要消息，”新闻播音员说，“有一批金枪鱼罐头被送到城区商店，经检查，发现其中一些罐头有毒。商店货架上的罐头都已被送回罐头厂，但在此之前，有少量罐头已经售出。我们敦促所有的家庭主妇马上检查家中的金枪鱼罐头，这种罐头的牌子是‘海浪牌’，这批罐头的序列号是W357。请把罐头送回原购买的商店，你会得到退款。我们重复一遍，不要食用‘海浪牌’金枪鱼罐头，序列号是W357，否则会有生命危险。”

罗西打算去厨房看一下，她前几天刚买了一打这个牌子的金枪鱼罐头。罗西来到厨房，果然发现了三盒序列号为W357的金枪鱼罐头，她顺手把它们装进了一个纸袋，准备丢到垃圾箱里。但就在那一瞬间，她突然冒出了一个念头，这个念头让她自己都大吃一惊：假设她没有听到那个广播，假设全家有一个人吃了金枪鱼罐头，假设这个人恰好是婆婆……想到这，罗西兴奋起来，她爱比尔，一直希望和比尔有自由的二人世界，现在终于有办法实现了。

这天晚上，罗西做了虾酱当晚餐。她做了三个干酪蛋，每人一份。在杰米森夫人的盘子里，她放上了一份金枪鱼，上面浇上调料，在自己和比尔的盘子里则放了虾酱。当罗西把晚餐端到桌上时，心怦怦地跳个不停。

“你还记得我不能吃虾，真是太好了，”杰米森太太微笑着，很客气地说。很显然，她把罗西的举动看成是对昨晚事情的道歉。

罗西整个晚上都坐立不安，她不知道罐头中毒要过多久才会发作，可杰米森夫人直到回房睡觉之前，看上去状态都很好。

第二天早餐的时候，杰米森太太的房间没有响动，她通常都起得很早。罗西经过她关着的房门，匆匆跑下楼到厨房去煮咖啡，她告诉自己要镇定，但当她端着咖啡壶走进餐厅的时候，手中的咖啡壶还是差点儿掉到了地上。她看到比尔正为他母亲拉开椅子，让她坐下，她精神很好，仍然穿着她的天鹅绒睡袍。

罗西焦躁不安地吃完早饭，就立刻开车去了图书馆，查阅有关罐头中毒的资料。原来这种有毒的罐头被吃下去以后，要过 18 到 36 小时，身体才开始发生病变；另外，并不是每个有问题的罐头就一定含有有毒的微生物。罗西还有一点意外收获，她得知罐头中毒是很难诊断的，看上去更像是某种急症。

现在罗西明白是怎么回事了，昨晚她给婆婆吃的那罐金枪鱼恰巧并不含有毒微生物。她庆幸自己没把剩下的两罐扔掉，而是把它们藏在了自己的衣柜里。

为了避免嫌疑，两个星期后，罗西才又做了一次虾酱晚餐，她当然没有忘记为不吃虾酱的婆婆单独做一份金枪鱼。罗西把调味料做得非常可口。

罗西耐心地等着。直到第二天晚饭后，杰米森夫人坐在客厅的沙发上看书，突然，她抬起了头，很疲惫地说："我不知道自己是怎么回事，我的眼睛无法看清书上的字，我想我最好躺一会儿。"

杰米森太太回到了卧房，再也没有起来。第二天，医生为她开了死亡证明，说是死于急性肺炎。比尔和罗西为杰米森夫人的后事忙了整整一个星期，很多人参加了葬礼。

葬礼结束的那个晚上，罗西体贴地对比尔说："亲爱的，我们是不是应该离开一段日子呢？你请几个星期的假吧。我们可以去巴黎，第二次度蜜月。回来后，我要把整个房子全部重新布置，让我们忘掉伤心的事，开始新的生活吧。”

“我已经告诉公司我要离开，”比尔平静地说，“但是，我想一个人去旅行，罗西。如果我是你的话，我不会动这栋房子的，我已经委托物业公司卖掉它。我会给你一大笔钱，你不是一直想搬出去住吗？现在可以了。”说完，比尔从抽屉里拿出了一份签了他名字的离婚协议书。

“比尔！”罗西惊恐地叫着，她突然想起在她的衣柜里还有一盒毒罐头，难道比尔看到了？“比尔，原谅我，我是因为爱你才这么做的！”

“罗西，镇定一点。我很抱歉，你没做错什么，是我觉得厌倦了。多少年以来，我一直梦想摆脱母亲的束缚，现在我自由了。我也厌倦了你和母亲的争吵，我看透了女人，再不想让第二个女人剥夺我的自由。”

罗西万万没有想到，她处心积虑地除掉了婆婆，反而彻底地失去了丈夫。

（改编：李　萍）
（题图：箭　中）

这就是底价

从前，有一个人很喜欢美术作品，那些画作使他如醉如痴，最后竟成了他生活的全部内容。他拼命地工作，拼命地节衣缩食，为的就是多买几幅新作品。有道是老天不负有心人，数十年下来，从伦勃朗、毕加索到其他著名画家的作品，他是应有尽有。

他早年丧妻，仅有一子。俗话说，有其父必有其子。儿子耳濡目染，也爱上了收藏，长大后成了一名大收藏家，父亲对此感到十分自豪。收藏名画是父子俩的共同爱好，也拉近了彼此的距离。

时光流逝，这个国家突然卷入了一场战争。跟许多年轻人一样，儿子参军保家卫国去了。

一天，父亲收到一封信，这封信简直让他肝肠寸断。信上说：“我们很抱歉地通知您，令郎在战斗中牺牲了。”

父亲不忍心继续看下去，但他还是弄清了儿子牺牲时的大致情况：当时他的儿子已经撤退到了安全地带，但发现一些受伤的战友还在战壕外，于是他出去把他们一个一个地背了进来。就在他背最后一个伤员时，一颗子弹打中了他……

儿子的死无疑是一个重大打击，父亲一下子苍老了许多。过了一个月，圣诞节到了，但父亲一点心情也没有，甚至连床都懒得起，因为他实在无法想象，没有儿子的圣诞节该怎么过。

就在这天，门铃响了。打开门，只见一个年轻人拿着个小包站在那里。

年轻人说："先生，也许您不认识我，我就是您儿子牺牲时背着的那个伤兵。"说到这里，他的眼圈红了，仍继续说，"我不是个有钱人，没有什么值钱的东西送给您，以感谢您儿子对我的救命之恩。我记得您儿子说过您爱好艺术，虽然我不是个了不起的艺术家，但我还是为他画了幅肖像，希望您收下。"

父亲接过包裹，一层一层打开来，然后一步一步走上楼，来到画室，取下了壁炉前伦勃朗的画，挂上他儿子的肖像。父亲泪流满面地对年轻人说："孩子，这是我最珍贵的收藏。对我来说，它比我家任何一件作品都值钱！"

一年后，郁郁寡欢的父亲终于去世了。消息迅速传播开来，人们得知，他收藏的所有艺术品都要拍卖，大家都期盼着这场盛会的到来。

拍卖会于圣诞节举行，世界各地的博物馆馆长和私人收藏家纷纷赶来，他们急切地想在这场拍卖会上投标。

拍卖师说："感谢各位光临！现在开始拍卖：第一件拍卖品是我身后这幅肖像画。"

后排有人大声叫喊："这不过是老人儿子的画像。我们跳过这个，直接进入名画拍卖吧！"

拍卖师解释道："不行！先得拍卖完这幅画像，其他才能继续。"

这么一说，会场静下来了。拍卖师说："起价100美元。谁愿意投标？"没人答话。

他又问："有人愿意出50美元吗？"还是没人答话。

他继续问："有人愿意出40美元吗？"仍然没有人吭声。

拍卖师看起来神情有些沮丧，连声音都有些颤抖了，他问："是不是没有人愿意对这幅画投标？"

就在这时，一个老人站起来说："先生，10美元可以吗？你瞧，10美元是我的全部家当了。我是收藏家的邻居，我认识这个孩子，我是看着他长大的，说实话，我确实很喜欢他。我想买这幅画，10美元可以吗？"

拍卖师说："可以。10美元，一次；10美元，两次；成交！"

人群中立即爆发出一阵欢呼，人们议论纷纷："嘿，伙计，现在终于进入正题了。"

这时，拍卖师说："再次感谢各位的光临！很高兴各位能来参加这个拍卖会。今天的拍卖会到此结束！"

人们似乎被激怒了："这是什么意思？你还没拍卖其他作品呢！"

拍卖师神情严肃起来，说："很抱歉，各位，拍卖会已经结束了。根据那位父亲的遗嘱，谁买了他儿子的画像，谁就拥有他所有的藏品。这就是底价！"

（原作：达克·史翠克；改编：秋　雨）

（题图：箭　中）

海角情

情侣失踪

八十年代一个深夜，在香港中环天星码头上，有一老一少两个男子，正紧张地盯着维多利亚湾的海面。那年轻的叫卢静伟，中等身材，体格健壮，浓眉俊目，他是香港爱华实业公司的总经理。站在他身旁那一位身材消瘦、头发斑白的老头，是他的叔父卢刚。此刻卢静伟心中很不平静，每当看到海面上出现摩托快艇时，他的情绪立即激动起来；可是当这些快艇驶过码头，远远而去时，他就露出了哀伤的神色，甚至，在他的眼角边还淌出了泪水。

那么，卢静伟在盼谁呢？他为什么这样不安和哀伤呢？

原来，卢静伟原是大陆某省城一所体校的体育教师，是个以“快马”著称的足球中锋。他母亲早丧，父亲卢阳在香港定居多年，与弟弟卢刚各自办了实业公司。一次，卢阳去摩纳哥蒙地卡罗洽谈生意时，一时兴起，进了赌城，一周之内竟输掉了三百多万美元。他愧悔交加，竟跳楼自杀了。

父亲死后，卢静伟的未婚妻倩文希望卢静伟把遗产转回大陆，但他叔父卢刚劝他来香港继承父业，再展宏图，并愿意鼎力扶持。卢静伟经过反复思考，还是听从了叔父的规劝，以“继承遗产”为理由，一年前申请来到了香港。

卢静伟乍到这灯红酒绿的万国商埠，犹如坠入云雾之中，几乎分不清东南西北。他没搞过经济，父亲留下多少遗产也弄不清楚。幸亏他叔父说话算数，一方面积极帮他盘点账目，一方面在事业上全力相助，千方百计让静伟出头露面，树立威信。他出资帮助卢静伟在家乡建造了“思乡桥”，还把自己的“香港爱华实业公司”总经理的名衔让给了卢静伟，让静伟回乡参加了剪彩仪式。当卢刚知道卢静伟在省外贸局工作的未婚妻倩文单位要扩建幼儿园时，卢刚自己拿出了二十万港元，以卢静伟的名义出面捐赠。按卢刚的话说：“自己老了，快去地府报到了，不如让后辈多抛头露面，树立青年人的威信。”在卢刚的支持下，卢静伟频频参与社交活动，一年多的工夫，便成了一位知名的青年爱国实业家。

大陆经济改革开始后，卢静伟未婚妻倩文的所在单位，利用“小钱柜”设立了“粤发公司”。公司经理要倩文写信给卢静伟，求他帮助联系一批丰田空调面包车。卢静伟收到信后，就去问叔父。卢刚一听，立即表示：支援大陆的四化建设，我们责无旁贷！我去给你联系客商。

不久，倩文将公司动用的一百五十万美元外汇汇到了卢静伟的“香港爱华实业公司”，卢刚把款项转给了日本商人藤尾正郎代办。谁知这个藤尾正郎回日本后，期限一拖再拖，丰田面包车却如石沉大海。

到这时，卢刚气愤地对卢静伟说：“糟糕！我们受这日本仔的骗了！”

可是，大陆上那家“粤发公司”的经理，却认为他们受了卢静伟这个不法港商的骗了！因此，他责令倩文立即追回外汇。倩文急坏了，她只得一封接一封写信给卢静伟。

接到倩文这一封封催款的信，卢静伟和卢刚都心急如焚：东洋之大，何处去觅那化了名的藤尾正郎？叔侄俩纵有三头六臂，也束手无策了。卢刚气得长叹一声：“唉，我一生经商，屡历风尘，还未见过如此奸诈的骗子！”

哪料屋漏偏逢暴风雨，就在这紧要当口，在大陆，“打击经济罪犯”的斗争开始了。卢静伟听到这消息，急得寝食不安，他叫苦道：“倩文这回不死也要掉一层皮了！”想到他俩以往如胶似漆的感情，卢静伟愁得禁不住哭了。

卢刚见侄子愁成这副样子，也是十分同情，他长吁了一口气，说道：“如果倩文被捕，判个十五到二十年徒刑，等刑满后，岂不成了老太婆？”

卢静伟焦急地说：“那让倩文赶快申请到香港来吧。”

“傻孩子，她有案子在身，还能申请出境护照？”

“那怎么办？”卢刚用手托着下巴，闭着眼睛，想了半天，才坚决地说，“与其坐以待毙，不如偷渡来港！”

卢静伟听说让倩文偷渡，顿时大摇其头，因为现今不同往时，偷渡者要被警方反解回大陆，收容者要受牵连，所以这种非法入境手段已很少被人采用了。但卢刚说他有一位姓林的老朋友，是位警长，他愿意帮忙。

卢静伟觉得有警界的要人出头，事情会万无一失，便发信叫倩文按策应方案偷渡。谁知今晚，过了约定时间这么久，仍不见倩文到来，怎不令卢静伟揪心呢！

正当卢静伟焦躁不安时，一个身穿警服的瘦高汉子匆匆跑来了。只见他额上冒出了黄豆大的汗珠，神色十分慌张。卢静伟一看，顿时心往下一沉，预感大事不好，忙问："林警长，怎么……"

林警长打断了他的话头："引渡的快艇驶到了公海，接下倩文和几个偷渡客，一路无事。谁知，进入东薄寮海湾不久，就遇上了水警船的追捕。快艇开得太快，失去了控制，翻、翻了。"

卢静伟一听此话，心猛地抽搐了一下："那，那倩文呢？"

林警长无奈地摇了摇头："不知下落。"

卢静伟急得上前摇了摇林警长的肩膊，带着哭腔问道："你事先不是保证过万无一失吗？"

"唉，做这行，我与老朋友从未落过马。谁知今夜，上司突然亲自下船督班。我的老朋友纵然是水警船长，也是回天无力呀！"

"唉——！"卢静伟悔恨地用拳头往自己脑袋一捶，无力地倚在栏杆上。

义妹撩情

未婚妻倩文失踪后，卢静伟情绪一落千丈。他回到家后，整天精神恍惚，茶饭无味，他的叔父卢刚见了也很担忧。

一天，卢刚过来安慰他说："静伟，俗话说：谋事在人，成事在天。我看倩文真是命苦，你也不必如此哀伤，世上除了倩文，难道再没有别的女人？天涯何处无芳草，你觉得雅梦这姑娘怎么样？"

一提到雅梦，卢静伟刚从大陆来香港不久，曾见过一面。她是卢刚的干女儿，在卢静伟的印象中，雅梦是一位年方二十的妙龄少女，她披肩长发上箍着一顶半露的遮阳帽，苹果脸蛋白里透红，一微笑露出一排小白玉牙齿，一双眼睛好似春波荡漾，犹如两个深不见底的清潭，加上施上浓淡相宜的高级化妆品，愈显得秀中有雅。她身穿一件雪白的紧身运动衣，一条白色短球裤，一双波士顿网球鞋，乍一看，就像一位凯旋而归的网球选手，显得健美洒脱，别具风采。

卢刚见卢静伟沉思不语，便向他讲起雅梦的身世。

雅梦的父母原是香港青山道木屋区的贫民，一场深夜火灾，使年仅十五岁的雅梦失去了双亲。幸得卢刚收养了她，认她作义女。几年过去了，年纪轻轻的雅梦担起了重任，经常穿梭于日本、泰国、香港之间，替卢刚接洽业务，催交货物或款项。

自从那天卢刚对卢静伟谈了雅梦的情况后，卢刚便嘱咐雅梦陪静伟去游玩，替他排忧解闷。于是，雅梦就主动陪静伟到宋城、海洋公园、虎豹别墅、跑马场、万佛寺、黄大仙祠等游览胜地游玩，千方百计地逗静伟开心，可他依然紧锁愁眉，闷闷不乐。

这天，卢静伟与朋友踢完足球，回二楼卧室取了衣服，就到走廊尽头的浴室去洗澡。他走到门前，见乳白色的小门闭着，就抬手轻轻敲了敲门，见没人应声，轻轻用力一推，门虚掩着，静伟便走进浴室。谁知一抬头，只见雅梦正裸露全身在水龙头下淋浴，无数条细细的水丝撞到雅梦身上，绽溅开朵朵小水花。雅梦听到声音，本能地用手往前胸一抱，转过头来，见是卢静伟，惊恐的表情才慢慢消失。她瞪着那双顾盼风流的眼睛，启齿一笑："我以为是谁呢？原来是静伟哥。"

这是卢静伟第一次面对一丝不挂的女子。雪白的肌体，富有弹性的曲线，使他一下子神魂荡漾，一股欲火"嗖"地升上了心胸。他不由自主地趋前了一步。

雅梦从卢静伟的举动中意识到了什么，伸手拧紧了水龙头，闭起眼睛，静等着下面发生的事情。卢静伟走到雅梦面前，突然，他的心猛地一震，一种犯罪感油然而升，他刹住脚步，用拳头狠狠地捶了一下自己的脑袋，一个急转身便出了浴室。一出门，见叔父在浴室门口用狐疑的神情问道："呵，你们是——"

"不！不！"卢静伟知道叔父话中的含义，慌得又是摆手，又是摇头，急得连话也说不出来。雅梦见他这般模样，急忙扯下一条大浴巾，把身子一裹，快速走进更衣间去了。

卢刚见卢静伟这副尴尬的样子，便拍了拍他的肩膀，和蔼地说："静伟，别不好意思。你们名属兄妹，但毫无血缘关系。如果你俩能结合，倒正合我心意。"

"不！不！"卢静伟红着脸，羞赧地说，"叔父，你千万别乱说，我心里只有倩文……"

"唉，一个多月了，还没打听到她的消息。"卢刚有点忧伤地说，"你要等她多久？"

"有多久，我就等多久。"

"十年呢？"

"等十年！"

"三十年呢？"

"等三十年！"

"唉，看你，痴情得有点傻憨。三十年后，青春已逝，你也成为老翁了。夜晚沉船，我看倩文早已葬身鱼腹了。"说完，摇头叹息着走了。

叔侄俩的对话，雅梦在更衣室里听得清清楚楚，她听到卢静伟不爱自己，伤心得啜泣起来。自那天后，她一改谈笑风生的性格，与卢静伟同桌吃饭时，也只是默默地扒着饭，对卢静伟不理不睬。她为自尊心受到打击而产生怨愤了。

卢刚把这一切都看在眼里，记在心上。为了填平这对青年男女的鸿沟，卢刚决定让卢静伟和雅梦陪他去泰国洽谈大米生意。

河中遇险

泰国的风光，确实迷人：尖尖的佛塔，高高的棕榈，寺院古色古香，芒果郁馥清香……使卢静伟留连忘返。最令卢静伟惊异的是：叔父带他在曼谷看了一场“人妖艺术团”的演出。听叔父说，台上那一个个如花似玉的女郎，竟全是施了阉割术的男子。

这一天，卢刚带他俩沿着湄南河散步。这时，骄阳当空，热风炙人，一丛丛鲜红色的罂粟花频频颔首，显得娇媚妖艳，湄南河泛着一层金红的碎波。

卢刚放下叼在嘴上的烟嘴，高兴地提议道：“这里的风景太美了，游个泳吧！”

满身汗渍的卢静伟看到这诱人的河水，恨不得立即跳下去游个痛快，可又一想，却有点犯难：“叔父，我可没……没带游泳裤呀！”

卢刚眯起了眼睛说：“阿伟，你愁什么，雅梦早为你准备好了。”

这时，雅梦从蓝色的行李兜里取出一条鲜红似火的尼龙游泳裤，递给卢静伟说：“我们每次到泰国来，都要游几次泳的。”她边说边脱掉上衣和短裙，里面已穿好了一件比坚尼泳衣，那蛋黄色的“三点式”，使她那嫩滑的肌肤显得更加雪白丰腴了。

卢刚也换上了一条黄澄澄的尼龙游泳裤，对卢静伟说：“静伟，快换裤吧！”

卢静伟换好裤子，三个人下了河。卢刚跟他俩游了一会儿，就气喘吁吁地上了岸。他倚在一株弯得贴地的老树干上，摇了摇头："唉，人老真不中用，游了几下，就喘不过气来了。"

雅梦用手攀着垂落河面的老藤，两眼望着一百米外的河中小岛，咬了咬牙，像下了决心似的："伟哥，我们比赛吧，看谁先游到小岛去。"

"好。一、二、三！"卢静伟喊完口令,就伸展双臂,箭一般向小岛游去。

在卢静伟登上小岛时，雅梦才游了五分之四的路程。不知是心理原因，还是其他缘故，她十分紧张，猛地觉得小腿一阵疼痛，"啊呀"一声，人就沉下水去。

卢静伟见雅梦溺水，急忙跳进河里，凫到她身边，拖住她的手臂，把她救上小岛。经过按摩搓揉，雅梦抽筋的小腿才松弛下来。她仰躺在草地上，四肢散开，显得十分疲惫："伟哥，我的肚子很饿，怕没有力气游回去了。"

"不用担心，叔父那边有蛋糕和可口可乐，我去取来给你吃。"卢静伟说完，又一次扎进水里。

一会儿，他一手举着食品，一手划水，朝小岛游来，这回游的速度明显降慢。忽然,他看见上游有个黑褐色的东西向自己冲来。"啊,鳄鱼！"卢静伟大吃一惊，急忙丢了食物，挥动双臂拼命向小岛游去。鳄鱼见猎物窜逃，也加快了速度追了过来。

顿时，湄南河上，一场生与死的角逐赛开始了。前边，双臂双脚，拼命划着；后边，张开大嘴，猛地追逐。眼看距离越来越近了，在即将到小岛岸边时，鳄鱼终于追上了，它张开血盆大口，对着卢静伟的左腿噬去。卢静伟急忙把身子一转，正想闪过，但小腿的肌肉已被鳄鱼犀利的牙齿咬住了。

卢静伟眼快手快，一下子拉住小岛边垂到水中的古藤，趁着鳄鱼呼气之机，猛地飞起右脚，朝着鳄鱼的眼睛踢去。这一脚，似有千钧之力，“啪”地踢中了鳄鱼的眼睛，痛得它张大了嘴巴，痛苦地翻了一个滚。卢静伟乘势把左小腿一收，一个“引体向上”，就顺着古藤攀援上去。待鳄鱼惊魂稍定，要报这一脚之仇时，猎物已经离水面而去了，它只得悻悻地绕古藤游了一圈，最后把身子一缩，沉进绿波，向远处潜去。

雅梦坐在草地上，看着这惊心动魄的一幕，惊得樱桃小嘴张得大大的，久久没有合拢。

深夜告密

从泰国回来，卢静伟的情绪依然忧伤消沉。这天夜晚，他躺在床上，又在为倩文的下落暗自伤心。

忽然，传来一阵轻微的敲门声，静伟辗转身子，面向门口，警惕地问：“谁？”

“我。”门外回答的声音很小，但卢静伟已听出是雅梦。

自从浴室相遇后，卢静伟与这个义妹反而在心灵上多了一堵墙，泰国之行，仍不能消除隔阂。静伟想：夜深了，她来敲门干什么？他想到香港电视里的不少男女半夜偷情的风流事，便没好气地说道：“雅梦，有什么事，明天早上再说吧！”

“不！不！你快开门，明天早上我要离开香港了，快，快开门！”听得门外的声音虽然很轻，但十分坚决。

卢静伟只好穿上衣服，刚打开房门，雅梦就像一个幽灵，闪身飘了进来，又随手把门带上了。

卢静伟见她鬼鬼祟祟，责备道:“你这是干什么？”他觉得深更半夜，孤男寡女，关起房门多难堪！正要上前把房门打开，雅梦却把身子往门上一靠，把门给堵住了。

卢静伟从窗口洒进的黯淡的路灯光中，看到雅梦披肩的长发有点蓬松散乱，上身穿一件红白方格相间的弹力运动衣，把她的乳峰高高地勾勒出来，下边是一条“金龙牌”牛仔短裤，脚下拖着平底拖鞋。她那双秋水般的眼中，流露出难以捉摸的神态。

静伟语气生硬地问：“你来干什么？”

雅梦说：“你叔父又派我去泰国洽谈第二批大米生意，明天早上六点钟我搭飞机启程。”

“你去就去呗。”

“在去之前，我有些事情要告诉你。”

“什么事情？”

“你知道你父亲是怎样死的吗？”

雅梦这问话，使卢静伟莫名其妙。他随口回答：“叔父不是说他在蒙地卡罗赌输以后，跳楼自杀的吗？”

“不！我怀疑是你叔父害死的！”

卢静伟的心弦猛地一震，他简直不敢相信自己的耳朵，一种渴望探知内幕的心情使他急忙追问道：“你有什么证据吗？”

“证据？这……这……”雅梦支吾着，但她仍以坚定的口气判断，“那次，你叔父是与你父亲一道去蒙地卡罗的，我可以肯定他从中捣了鬼。”

听雅梦这么说，卢静伟没有作声，只是蹙起眉头，眼睛呆呆地望着窗外。好久好久，他的心绪才平伏了下来，摇摇头说：“不会吧！你说话无凭无据，再说，叔父和我父亲是亲兄弟，历来融洽，怎会下此毒手呢？”

“唉，你真是太幼稚了。在香港，为了钱，一些人什么手段都用得上的。”雅梦的声音有点凄戚，也有点愤懑，“伟哥，你知道吗？你叔父和静业明天要害死你呀！”静业是叔父的独生子，在美国哈佛大学读书，前几天才回来休假。

这话犹如晴天响起了惊雷，震得卢静伟瞪大了眼睛，像泥塑木雕一样呆立在那儿。好久，他才清醒过来，讷讷地问：“你不是在说笑话吧！”

“真的。刚才我在房门口听到你叔父和静业在商量，明天借去新界替你父亲扫墓的机会，劝你饮下放了迷幻药的红玫香槟酒，然后把你抛下大海，隐尸灭迹。”雅梦讲这番话时，声音是那么真切，听得卢静伟浑身耸起鸡皮疙瘩，冷汗不住地从额角上冒了出来。

此刻，卢静伟的心乱极了。他望着眼前这位“堂妹”，总觉得雅梦的话令人生疑，所以不解地追问道：“你为什么要救我？”

雅梦垂下了眼帘，低声说道：“上次在湄南河，我脚抽筋几乎丧命，幸得你冒险相救。我要报答你的救命大恩。”说到这里，雅梦咬了咬牙，沉思了一下，继续说，“不妨再告诉你，就是你叔父设下的圈套，才使得你湄南河那次游泳，几乎死于鳄鱼之口。”

卢静伟摇摇头说：“难道叔父有调遣鳄鱼的本领？”

雅梦见卢静伟不相信自己的话，就解释道：“你记得吗？那天我和你叔父的游泳衣都是黄色的，但你的游泳裤是红色的，而鳄鱼在水中是怕黄喜红，它看到红色，就拼命地追逐。”

“啊！”卢静伟想不到鳄鱼和西班牙的斗牛一样，都喜欢冲撞红色，一下子坠进五里雾中，“这……叔父他或许不知道吧？”

雅梦气愤地一摆头：“不！这些知识还是你叔父亲口告诉我的呢！”

卢静伟只觉得脊梁骨上好似滑过了一块冰块，冰凉彻骨，眼前浮起一片白茫茫的浓雾，身子一软，慢慢地瘫在沙发上，好一会儿，才痴迷迷地问道："我真不明白，在湄南河我虽然救过你，但叔父也视你为亲生骨肉，你这样做，不是忘恩负义了吗？"

"亲生骨肉？"雅梦从鼻腔里哼了一声，脸上露出一种鄙夷的神态，随之脸上又泛起了红云，垂下了头，眼中掉下了晶莹的泪珠。接着她像疯女似的一阵冷笑："哼！义父？我哪是他的干女儿，我不过是他的情妇罢了！"说到这里，她忍不住用手背一抹眼角，鼻翼猛地抽了几下，用手捂住嘴巴，悲痛万分地抽泣起来。

听到"情妇"两个字，卢静伟真是又惊又疑，他根本无法把年过花甲的老叔父与这位豆蔻年华的少女在性欲方面联系起来。真让人不敢想象，这位表面纯朴无邪的女孩，竟然过着含垢忍辱、出卖肉体的悲惨生活？！

待雅梦离开后，卢静伟瘫坐在沙发上，望着窗外的冷月流云，心情乱极了。

青山释疑

第二天，卢刚与卢静伟、静业来到野花遍地的新界山上扫墓来了。静伟的堂弟静业年约二十五岁，个子比静伟矮一些，由于血缘关系，长相与静伟有点相似。他们穿小径，爬陡坡，来到山顶一个新坟前。卢静伟看着那块一米多高的云石石碑，想到辛劳一生的慈父就此长眠在青山之下，心中不由一阵酸楚。"阿爸——！"他凄然地向坟包喊了一声，就"扑通"跪倒在地上。

拔过了坟草，烧过了纸钱，酹过了水酒，静业从提兜里掏出一幅天蓝色的塑料布，在坟前草地上摊开，又从提兜里取出了烧鸡、熟蛋、肉包、甘蔗等食物，继而又取出一瓶法国“金牌马嗲利”。卢静伟不动声色地察看着，最后他终于看到静业从提兜里掏出一瓶色泽绯红的“红玫香槟”。

扫墓祭祖以后，在山上吃点东西，这是广东人的习俗。这时，四周静悄悄的，偶尔从树丛中传来山雀的扑腾鸣叫声，更为这山野增添了一种幽寂悲凉的气氛。

一路上，卢静伟牢记着雅梦昨晚的警告。他感到只要自己饮下眼前这瓶混有迷幻药的“红玫香槟”，马上就会浮尸大海。即使被人捞起报警，验尸，法医的结论也将会是：“吸毒者投海自杀。”这是一场设计得多么残酷而又多么巧妙的骗局啊！卢静伟知道，卢刚父子不到万不得已，是不会对自己施以暴力的，因此，他脑中酝酿了一个成熟的对策，决定压抑着自己的感情，装作一无所知地随他俩前来扫墓，观察这父子俩如何演这场戏。

此刻静业摊好东西后，这场戏终于开演了。静业侧过头问道：“伟哥，你饮什么酒？”

卢静伟说：“我不会饮酒。”

卢刚伸手拧开了“金牌马嗲利”的瓶盖，斟了满满两杯，一杯递给静业，一杯自己端着说：“阿伟不会饮烈酒，还是我们父子俩把这酒干了吧！”说完一个碰杯，仰头就把“马嗲利”倒进嘴里，顺手夹了一块烧鸡塞进嘴里嚼了起来。

一会儿，卢刚拿起了那瓶“红玫香槟”，摇了摇，开了盖，就往卢静伟面前的空酒杯里“咕咚咕咚”倒了下去。顿时，一股诱人的香味在四下漫延开来。倒好酒，卢刚指了指酒杯，关心地说："阿伟，你不会饮烈酒，就饮这杯红玫香槟吧！"

此刻卢静伟虽说已是口干难耐，但他强咽下口中的唾沫，推辞道："叔父，您知道，我是不会饮酒的。"

"这我知道，我知道。"卢刚连连点头，"所以，我今天特意为你准备了这红玫香槟。"

"叔父，您对我可算想得周到啊！"卢静伟嘴里说着，顺手在身旁狠狠扯了一把青草，放在手掌用力搓揉着，随后又把草扔在一旁。

卢刚见他不喝，说道："阿伟，这红玫香槟酒力度数比啤酒还要低哩！"说完他将那杯酒递到卢静伟面前，"你闻闻，保证你不会醉。"

卢静伟接过酒杯，装得十分诚恳地说："叔父，父亲在港多年，全仗您关照。如今，他瞑目九泉，您又对我鼎力相助，大恩大德，永世不忘。我代表亡父敬您一杯。"说完把"红玫香槟"递到叔父面前。

"这……这……"卢刚连连摆手，显得有点为难，"阿伟，你也知道，我历来是不饮这种低度数色酒的。"

卢静伟穷追不舍："叔父，今天在坟前，看在我父子的面上，就领了这份情吧！"

"爹，伟哥既然这么盛情，你要是不饮，就显得见外了。"静业也在一旁劝说道。

"既然贤侄这么客气，那我就破一次例吧！"卢刚边说边接过酒杯，把头一仰，顷刻，那玫红的液体全部落到他肚子去了；接着他用舌头舔了舔嘴角，显得颇有滋味，"噫，想不到这酒这么好味道。阿业，你也来一杯。"说完父子俩各倒了一杯，津津有味地对饮起来。

卢静伟双眼望着卢刚父子，大气不出地静待事态变化。但是只见卢刚父子谈笑风生，全无昏迷的迹象。静伟惊疑地想：这是怎么回事？难道雅梦说的全是骗人的鬼话？

这时，静业轻轻碰了一下静伟："怎么啦？看你失神似的。"

卢刚也接上话头："是呀，看你魂不守舍，一定有什么心事吧？"

卢静伟连连摆手说："没……没有……"

卢刚用手拍了一下卢静伟的肩胛，笑道："别骗叔父了。平日在家里，你最喜欢饮红玫香槟，但今天爬山这么劳累，你却硬是滴酒不沾。"

"这……"卢静伟内心的秘密好像被捅破了似的，嘴角翕动着却找不到话头。雅梦昨晚讲得煞有其事，但事实根本不是这样。他不由自主地自言自语："怎么这酒里没有药呢？"

一听这话，卢刚那略带黄色的眼珠转动了几下，疑惑不解地问："你说什么？酒里……药？"他思忖了一下，花白眉毛扬起，生气地说，"呵，你一定是听了别人的谗言，我干吗要在酒里放毒呢？"

卢静伟的眼睛不敢和卢刚的目光接触，他惭愧地低下了头，没有答声。

卢刚叹了口气，单刀直入地问："近来雅梦常常接近你，是不是她说了什么鬼话？"

卢静伟不敢答"是"或"不是"，只是呆呆地望着吐露港的海涛，没有回答。

卢刚点燃了一支特长的"万宝路"香烟，用力吸了一口，长长地吐了一口烟气："唉，在这个时候，我也不妨将自己的丑闻和苦衷告诉你俩吧！让你俩对社会、人生有个更深刻的认识。说来惭愧，雅梦名义上是我的义女，但实际上是我的情妇。"卢静伟像被针刺了一下，但他仍没有言语。老翁配少女，这种结合在大陆是极少见的，但在香港这个以钱为轴心的社会里，是不足为奇的事。接着卢刚讲起了其中的原委。

雅梦原是一家“无上装”夜总会的陪酒女郎，当她知道卢刚妻子病亡后，就千方百计接近卢刚，使出各种手段投进了卢刚的怀抱，认卢刚作“义父”。出于同情之心，也为了晚年身旁有个伴，卢刚花巨款把雅梦从夜总会赎了出来，视作家中一员。但随着岁月的流逝，卢刚已经看出来，雅梦很可能是黑社会组织派进来的干将，意欲伺机谋夺他的财产。

讲到这里，卢刚花白的眉毛锁了起来，眼圈一红，声音有些哽咽：“老翁少女，她怎甘心陪伴我一世，不过是巴望我早点进棺材罢了。”

看到叔父这副可怜相，卢静伟十分愧疚，便坦诚地说：“想不到雅梦是这样阴险的人，她还说您想用红色游泳裤引鳄鱼来害我呢！”

“红色游泳裤，引鳄鱼？”卢刚侧头眯着眼睛，无可奈何地摇了摇头，“我只懂得生意经，怎懂得那么多科学知识呢？既然她早知道这个奥秘，那又为什么还要引诱你下水呢？”

静业愤然地把“金牌马嗲利”的酒瓶使劲地扔向远处，愤愤地说：“贼喊捉贼！幸亏我们没上她的当。”

“阿伟，俗语道：‘打虎不离亲兄弟，上阵还需父子兵。’我们同是一脉血统，切肉不离皮。在香港这是非之地，更要坦诚相见，同甘共苦，以免被他人制造分裂，从中渔利啊！”

卢静伟觉得卢刚讲得对，便问：“叔父，您既然知道了雅梦的底细，又为什么不驱逐她呢？”

卢刚脸上的肌肉抽搐了一下，长长地叹了一口气，苦着脸说：“驱逐她？谈何容易。她的黑社会后台大，惹怒了那帮人，他们什么事都会干得出来的。”

卢刚一番话，使卢静伟如梦初醒：“幸亏叔父提醒，不然我几乎中了人家的离间计。”

卢刚见卢静伟幡然醒悟，高兴地拿起“红玫香槟”，给各人倒了一杯，努了努嘴，诙谐地说：“阿伟，不怕我在这里下了药吗？”

卢静伟的脸刷地红了：“有药，咱三人一块死！来，干一杯！”

三只盛满酒的玻璃杯，“哐”地碰在一起了。

巧遇恋人

叔侄俩误会消除后，静业经常与静伟在一起踢球消遣。这天他俩踢完了一场足球赛，已是黄昏时刻，两人感到又累又渴。在路过“蓝马”夜总会时，静业用球衣抹着额角上的汗，说：“伟哥，进去喝杯咖啡吧！”

卢静伟来到香港后，一直视夜总会作禁区。眼下，尽管喉咙干渴似火，但他还是强忍着用手指了指远处的“雷安娜冰室”，说：“还是到那儿喝杯冰吧！”

“看你，假正经！我们进去只是喝咖啡，又不是玩女人。走，走。”经不住静业强拉硬劝，静伟只好与他一同走进夜总会。

他俩推开镶有茶晶玻璃的弹簧门，只见面前立着一尊奋蹄扬鬃的奔马大雕塑。大厅的舞池是用白水泥加各色石米打磨而成，中间一朵硕大的牡丹花图案，四周的花朵由大变小，成幅射状散开。大厅正中悬空吊着的碎玻璃圆球正在转动，把各色光斑洒向四周。十多对舞伴搂抱着在款款曼舞，在角落里，穿着花格T恤衫、吊着枣红柔姿领带的乐队正入迷地演奏着。一位浓妆艳抹，穿着袒胸黑长裙的女人拿着麦克风，在搔首弄姿地唱着风靡香港的金曲《爱在深秋》……

静业带卢静伟到一张铺有云石的餐桌旁坐下，向侍女点了牛扒、熏鱼、加冰的生力啤酒和两杯法国干邑拔兰地。

静伟看着两杯浅棕色的干邑拔兰地放在餐桌上，便推辞道："静业，我实在不会喝这么浓的酒。"

静业端起了酒杯喝了两大口，而后把另一杯递到静伟面前："伟哥，不学就永远不会。咳，别听我爹的，他自己是假正经，不也找雅梦做情妇？做工时拼命，挣到钱大力花，做人就要这样，来，干杯！"

卢静伟拗不过，只好仰头饮了下去。一杯下肚，不一会儿，酒力发作，卢静伟逐渐觉得头重脚轻，飘飘欲仙，终于头一歪，迷迷糊糊地睡着了。也不知过了多长时间，卢静伟睁开了迷迷糊糊的眼睛，仿佛来到了一个梦幻世界。这是一间卧室，摆设豪华，满屋飘香。他从席梦思床上支起身子，忽地看到窗台旁立着一位少女。在深蓝色的天幕衬托下，只看到她的侧影。那少女穿一套透明的白色蝉翼长裙，一头波浪秀发披垂在肩上。此刻，她正临窗远眺，似有什么心事。

卢静伟眨了眨眼，再用手揉了揉眼睛，啊，这人太像倩文了。他忘情地叫了一声："倩文！"

少女听到叫声，回过头来，四目相对，卢静伟呆住了：呵，没有认错，眼前正是自己朝思暮想的心上人呀！

"倩文——！"卢静伟兴奋地叫了一声，连鞋也顾不得穿就扑了过去，双手紧紧搂住倩文狂吻起来。

一阵旋风般的情感刚过，倩文用手推开了他，用手背拭着嘴角的唾液，凄然地说："伟哥，我以为今生再也见不到你了。"说完，她鼻子一酸，两颗晶莹的泪珠滴了下来。

静伟用手帕给她揩着眼泪，深情地说："倩文，幸得天公有眼，今天我们得以团圆。”

“团圆？”倩文的肩膀抖了一下，眼睛的柔情马上被一种复杂的神态替代了。静伟感到事情有些不妙，就紧张地问：“这是什么地方？”

“蓝马夜总会。”倩文回答，声音细得好像风中的游丝，似乎随时都会被扯断似的。

“夜总会？”卢静伟的心好像被针刺了一下，不由睁开眼睛细细打量起倩文来。只见她鹅蛋形的脸庞上，粉雕玉琢，经细心修剪过的眉毛好似一弯娥眉月；眼睑涂了一层淡淡的蓝色，脸上敷过一层脂粉，耳朵上，摇荡着一对红得诱人的宝石耳坠；一条金项链围在粉颈上，镶着蓝宝石的坠子夹在乳沟中间；半裸的蝉翼衣，涂着丹蔻的纤纤玉指上，戴有镶着钻石的金戒指。呵，变了！纯真的倩文，变得让人不敢认了！

卢静伟内心似刀剜般痛苦。想想自己以纯洁的爱情日夜为她的安危担忧，想不到她竟不知羞耻地在夜总会的密室里干着“接客”的勾当，一股怒火油然而升，他突然扬起巴掌，“啪”一声，打在倩文的脸蛋上。

倩文被打了个趔趄，只觉得眼冒金星，天旋地转。当听到卢静伟咬牙切齿骂她是“骚货”、“贱人”时，她立即明白了怎么回事。她用手摸着热辣辣的脸颊，愤愤地反击道：“哼，你装什么清白？枉我对你一片痴情，你却偷偷到夜总会来嫖妓！”

听到倩文无缘无故地骂自己嫖妓，卢静伟心中好似火上浇油，又一掌扇了过去。倩文又被打得一个踉跄，仰面跌倒在梳妆台边。

倩文用手擦着嘴角的血丝，眼睛喷射出愤怒的火焰。她用右手撑着地，缓缓地站起身子，顺手抄起了桌上的雕花玻璃瓶，高高举了起来，正想向卢静伟砸去，但她突然想到了什么，手一松，“哐啷”一声，玻璃瓶摔落在地上，碎片四处飞溅。

倩文摸着流血的嘴巴，缓缓地从口腔挤出了一句话："你，你打得好！打得好！"

去路何在

就在这时，房门突然被人推开，静伟的堂弟静业冲了进来。他见两人剑拔弩张的情景，急忙上前拉了拉卢静伟的衣角，说："伟哥，我们花钱只是图一时的快活，何必与这些臭婊子怄气伤神呢？走！"说完，不容分说，就半推半搡地把卢静伟拉出了房间。

一回到家，卢静伟就打开了酒柜，取出一瓶法国"大将军"，拧开瓶盖"咕咚咕咚"地灌了下去。

卢刚见他如此失态，连忙夺过他的酒瓶，声色俱厉地责备道："阿伟，狂饮滥喝，会坏身体的。到底出了什么事？你说呀！"

卢静伟苦笑了几声，竟捶胸顿足哭了起来："倩文，你骗了我！骗了我！"

卢刚父子又是劝又是问，总算撬开了卢静伟的嘴巴，讲出了在夜总会密室与倩文邂逅相逢的事来。

卢刚听完卢静伟的叙述，用手轻轻拍打着软沙发的扶手，说："阿伟，凡事切勿冲动，倩文会不会有难言之隐呢？"

刚才卢静伟是火头上失去了理智，现在听叔父这么说，不免低头沉思起来。

卢刚用手揉着眼角思索了一会儿，说："佣人王妈和蓝马夜总会的大阿姐是四邑同乡，待我叫王妈去了解一下吧！"

几天之后，王妈带回了倩文写来的一封信，这十多页长的信笺，真是如泣如诉，如怨如恨。

原来，偷渡那晚，快艇把倩文和另三个偷渡客从帆船上接了下来，从公海进入东薄寮海峡，不久，就遇到了港方的水警船。快艇仓皇逃窜，水警船穷追不舍。在离岸不远处，快艇因加速太快，翻沉了，同船的人都不知下落，倩文自幼水性甚好，游上岸后，见有间小屋门前挂着风雨灯，便敲开了门。她向屋内的老头说出了卢静伟在铜锣湾的地址，讲好条件：如把她安全送到静伟处，愿出五千元港元酬谢。

不久，一辆红色“丰田”开来了，但“的士”把她载到蓝马夜总会的密室。一位大腹便便的胖老板威吓倩文：与她同行的三个人都溺死了，眼下一旦香港警方发现，不但要将她反解回大陆，而且三条人命都要她负责。胖老板提出要她接客，她坚决不从，因而遭到毒打。胖老板给她一个限期：中秋节那天，一定要她“下海”，身份证由他帮助解决；否则，送交警方。

读罢来信，卢静伟回想那天对倩文的粗鲁举动，懊悔地用拳头狠捶自己脑袋：“咳，我错怪了倩文！”好一会儿，他像悟到了什么，“现在离中秋节还有一个多月，那晚她为什么会在房间碰到我呢？”

卢刚沉思了一会儿，答道：“她乃一茕茕弱女，落在‘蛇头’手中，那不是肥肉落在砧板上？”说完，卢刚又惋惜又爱怜地长吁了口气。

往日的恋情又涌上心窝，卢静伟搓弄着手掌，问道：“叔父，怎么办？”

卢刚口气坚决地说：“救人一命，胜造七级浮屠，何况是倩文，我们当然要竭力搭救她。”

接着，他们便思考着搭救的办法。厅正中的石英挂钟一秒一秒地跳着，大家默默地思索着，一层又一层的烟圈升起，弥漫了半个大厅。卢静伟慢慢地抬起了头，眼中跳跃着两点亮光：“香港政府不是明令严禁迫良为娼吗？胖老板强迫倩文卖肉，是违法的，我要去告他！”

卢刚听了，不禁笑了起来：“阿伟，你太幼稚了。政府确有明令，但又有什么用？‘鱼蛋档’、‘按摩女郎’、‘伴浴小姐’、‘征友玉女’、‘一凤楼’，这些变相色情场所比比皆是。政府的‘扫黄’行动，能把它们扫掉吗？况且，倩文是偷渡来港的，一旦事发，倩文要被反解回大陆，因经济案她会在那边判刑入狱；有幸留在香港，那几条人命案也令她风波迭起。”

听着卢刚的议论，卢静伟脸色变得苍白，眼睛流露出绝望的神色。他痛苦地垂下了头，双手用力捋着头发，声音有点颤抖：“这……这难道就没有办法了吗？”

卢刚见侄儿悲痛万状，心中十分不忍，终于咬着牙，站起身来，坚决地说：“事到如今，我看只有走这条道了。”

路转峰回

卢静伟听卢刚说有办法，眼中立即闪出希望的光彩：“叔父，您有什么妙计？快说呀！”

卢刚说：“我明天亲自去找夜总会的胖老板，在香港这地方，钱可通神。找他谈条件，用钱把倩文赎出来。”

“钱？我哪里有这么多钱？”卢静伟有点为难，自从父亲赌输巨款后，遗留给自己的产业是不多的。“总经理”的名衔形同虚设，平日，一切费用都靠叔父开销。

卢刚看透了他的心事，劝慰道：“阿伟，金钱是身外之物，最重要的是人。钱方面，我们共同想办法。”

卢静伟点了点头，真正感受到了一家人的温暖。

“蓝马”夜总会的老板是个矮胖汉子，才四十开外，头发已半秃；又肥又白的脸蛋有点松弛，好像一只刚出笼的白面包子；“包子”上面嵌着一双水泡眼，蛤蟆嘴巴一张，便露出一排亮灿灿的大金牙。

当他在经理室听卢刚讲出来意之后，那双水泡眼骨碌骨碌转了一阵，悠悠地吐了一个大烟圈：“这事难商量呀！须知倩文，不，应该叫白丽娜小姐，是我的一棵摇钱树呀！”

卢刚毕竟是走过大码头的，知道胖老板是在提码索价，便单刀直入：“名花虽好总有价，你无须转弯抹角，拍个板吧！”

“好，爽快，爽快！”胖老板的二郎腿抖动着，“我从‘蛇头’手中买来时花了五十万港元，现在养了这么长时间，你要赎回，连本带利，就出一百万吧！”

见胖老板漫天开价，卢静伟霍地站了起来，用手指着胖老板的酒糟鼻，发怒道：“嘿，你简直是潜水艇——吃水深！”

胖老板见卢静伟这模样，就把二郎腿一收，用手一拍沙发扶手，恼怒地回击：“喂，死靓仔，你别血口喷人！你买我卖，喜欢就成交，不合就一拍两散！”说完，他用力把香烟在玻璃烟盅上狠狠掐熄，又把手一挥，“这小姐，不卖了！”

卢刚见双方闹成了僵局，连忙拉住了胖老板：“你何必与毛孩子一般见识，再讲讲价吧！”

胖老板从鼻腔里“哼”了一声：“这已经是优惠价了，如果卖给外国大亨，起码再翻两倍。我素来牙齿当金使，一锤就定音。少一毫钱，也别再来找我。”

“咳，大人有大量。”卢刚向他赔了个不是，“这样吧，给一段时间，让我们回去考虑考虑，好吗？”

胖老板眯着水泡眼，思索片刻，点了点头："那么，就以一个月为限期吧！"

他们回到家中，刚坐下不久，雅梦风尘仆仆地从泰国回来了。她一进大厅，看到卢静伟不但安然无恙，而且还和卢刚细斟慢酌着，她那双秀美的眼睛流露出惊诧的神态，连行李也忘了放下。

卢刚见雅梦回来，不动声色地问："雅梦，泰国那批大米联系得怎么样？"

雅梦见问，这才如梦方醒，把行李放在地上，用手一捋眼角垂下的秀发，答道："已经凑足了预定数。"

"好！"卢刚满意地点了点头，继续问，"合同签了没有？"

"签了。"

"什么时候起运？"

"对方要我们先派人过去验货，下星期三便可起运。"

"好！好！雅梦，这回辛苦你了，你先好好休息休息。过两天，替我再到日本跑一趟，找寻那个藤尾正郎。"卢刚呷着乌龙茶，神态悠然自得地发着"指令"。雅梦点头应允，拿着行李，上了二楼。

卢刚侧过头来问卢静伟："阿伟，你去一趟泰国，怎么样？"

"我去？"

"嗯。验货押运，非自己人去不可。况且，这笔生意，颇有赚头。你去一趟，也可挣回一笔钱。"

"这……"卢静伟沉吟了一下，便点了点头，"好吧！什么时候动身？"

"越早越好，你明天一早动身，好吗？"

"唔。"

夕阳西落时，卢静伟独自在后花园散步。当他转到喷水池边，突然从假山后闪出一个人影，把他吓了一跳。定神一看，原来是雅梦。两人相对而立，一时默默无言。

还是雅梦先开了腔："伟哥，近日你一切可好？"

"唉，一言难尽。"

"扫墓那天你没有事吧？"

"酒里根本没有迷幻药。"

雅梦眉心一挑，警觉地四下张望，见确无他人，便压低嗓音说："我跟你在房中的讲话，会不会让你叔父窃听了，因而改变了主意？"

"窃听？叔父有那么长的耳朵？！"

卢静伟觉得有点滑稽可笑，但雅梦却显得十分认真："以前做生意，为了摸清对方的对策，我也曾替你叔父在对方房间安装过微型电子窃听器。"

卢静伟觉得这事已成过去，很难确证。不过，他觉得这高深莫测的奇女子，有不同常人的机敏与心计，便将近日倩文的事简略告诉了她，以试探她的看法。

雅梦听了，立即提醒说："当心，这会不会是你叔父摆设的圈套。"

"这圈套对他有什么好处呢？"卢静伟觉得不可思议。

"很久以前，你叔父向我漏过嘴，说你父亲有价值四百万元的股票在他的公司里。"

"你有录音吗？"

"没有。"

"股东的影印件呢？"

"也没有。"

自从那次"红玫香槟"事件后，卢静伟觉得雅梦无事生非，居心叵测，便为叔父辩护：“叔父历来对我很好，你不必再过问了。”

雅梦见好心不得好报，长叹了一口气：“唉！你吃亏就在于过分老实。我还是要提醒你，害人之心不可有，防人之心不可无呀！”

风波迭起

卢静伟未听雅梦劝告，去了泰国。两星期以后，他押运的货轮从泰国抵达香港。泊岸后，却飞来了横祸：警方利用警犬搜出舱底的大米包里藏有海洛因，卢静伟立即被投入监牢。

卢刚闻讯，赶来探监，他拿出了三千元，支开了监视的人。他对这突发事件感到很费解，一见面就问:“阿伟，你在验货时没发现什么吗？”

“大米是二百斤一包，一船货上万包，海洛因藏在包里面，叫我怎能验出来？”

“真是天有不测风云，活该我们倒霉了。”

卢静伟眨了眨眼睛，疑惑地问：“叔父，是谁把毒品藏在我们货里面的呢？”

卢刚愤怒地一拍大腿，咬牙切齿地骂道：“还用问，这毒品肯定是雅梦的私货！”

卢静伟内心燃烧着愤怒的烈焰，双手用力把铁栏杆攥得紧紧的，牙关咬得咯咯响，缓缓地吐出一句话：“这个狐狸精，我出去要找她算账！”

“你出去？走私毒品，是要判重刑的。”卢刚显得有点忧伤。

卢静伟猛地打了个冷战，未婚妻正在另一所不是监狱的监狱等待自己去营救，在这关键时刻，自己判刑不正等于倩文也判刑吗？卢静伟带着哀求的口吻说:“叔父，这毒品是与我无关的，你替我请辩护律师吧！”

卢刚无可奈何地摇了摇头："你押运的货中夹带毒品被警方搜出，这是铁证。你纵然有十张嘴也说不清啊！"

卢静伟绝望地说："那就没有办法了吗？"

"办法？"卢刚的眉毛锁成一个"川"字，略带黄色的眼珠也凝住了，右手机械地摸拈着下巴的须根，沉思了好一会儿，才把嘴贴到卢静伟的耳朵边，低声说："找林茂警长，叫他上下活动通融一下，不过，这需要大笔钱才行。"

"钱？我现在哪里有大笔钱呢？"

"近来我的生意也不景气，一蚀再蚀，一时也难拿出这么大笔的现金来周转呀！"

卢静伟像被推至悬崖边缘，眼前幻出自己在监狱的磨难苦景，也幻出倩文沦落火坑后倍受凌辱的惨象。

卢刚见侄儿这情形，隔着窗子，扶住他的肩膀："阿伟，坚强些！正所谓'有山就会有路，有水就会有船'。"

"茫茫大海，哪是尽头啊！"卢静伟心灰意冷地摇了摇头。

卢刚沉思了一会儿，咬了咬牙关，说道："这样吧，我把我在铜锣湾的那间粮油分公司抵押出去。"

"不行！不行！"卢静伟连连摆手。

"咳，救人要紧。'留得青山在，不愁无柴烧'。"

卢刚的话语是那么真诚至理，那么感人肺腑。一股热浪冲击着卢静伟的心扉，又冲上喉咙，直抵脑门，他只觉得鼻翼一酸，眼睛眨了几下，两颗豆大的泪珠夺眶而出。他紧握着卢刚那双稍露青筋的手说："叔父，我不知该怎样感谢您才好。"

卢刚却宽慰道："一家人何必讲两家话。"

不久，卢刚把分公司抵押了出去，通过林茂警长的疏通活动，卢静伟终于出狱了。

俗话说："福无双至，祸不单行。"卢静伟出狱后没几天，就出了一件意料不到的事：黑社会的人找上门来了。来者一个是牛高马大的黑壮汉，一个是尖嘴猴腮的瘦小子。没讲三句话，他俩就凶神恶煞地声称：那批海洛因价值一百万元，是雅梦和他们合股做的，现在要卢静伟赔偿损失。

卢静伟吃了那桩冤枉官司，至今怨气未消，如今见这班毒贩竟上门索赔，更是怒不可遏："你们贩毒，连累我坐监，害的我叔父赔了一个分公司，我没找你们算账，你们还想怎样？"

对方也不肯相让，唇枪舌剑，干了起来。卢刚见势不妙，好说歹说，从中劝告，双方才收敛一些。

但那班无赖，三两天就上门一次，威迫恐吓，令卢静伟十分烦闷。卢刚见事态发展到这地步，就出了个主意："阿伟，我有位好朋友在瑞士苏黎世开中餐馆，你不如去那里避避风头，散散闷气。"

静业也赞同父亲意见，表示愿陪卢静伟到瑞士一行。卢静伟确实想到国外一趟，避开那些无赖无休止的纠缠，但他更知道：在这危难时刻，岂能丢下未婚妻而独自远走高飞呢？

听了卢静伟的看法，卢刚感动得眼眶也湿润了："阿伟，我今天才算真正认识你。你真是人中豪杰，男人中的大丈夫呀！有你这样深明大义的侄子，我也放心了。"

静业在一旁竖起拇指称赞静伟品德高尚，他对大家说："我们赶快想办法把倩文救出来吧！"

卢静伟的心一沉，静默了一下才开口："唉，现在真是雪上加霜。

一百万，到哪里去找这笔巨款呢？”

卢刚也为这事犯难了。为了使卢静伟获释，刚用了一大笔钱作疏通，粮油分公司也抵押出去了。其余的分公司正在艰难的生意竞争中挣扎，一个企业家，可不能把事业弃置呀！卢刚用右拳轻捶着前额，思索很久，才沉缓地说："蓝马的胖老板曾放风声想买楼房。这样吧，阿伟，现在是前无去路，后有追兵，为了你与倩文的幸福，我准备变卖一部分楼……楼房……”说到后边，卢刚的嘴巴翕动了好久才把话说出来。从他发颤的声音，可知他内心非常痛苦。

卢静伟心里涌起感激的热流，也混杂着痛楚的苦水。叔父为自己作出的牺牲太多了，这次再也不能让他受这重大损失了。所以他连连摆手："叔父，使不得！使不得！”

“千金散尽还复来。只要人还在，钱以后还可以搏回来的。”

卢刚这充满哲理的话使卢静伟下定了决心："叔父，要卖楼房，就卖我父亲遗留给我的那部分吧！”

卢刚连连摆手说："不行！我怎样对得住九泉之下的大哥呢？”

而卢静伟反倒平静了下来，落落大方地说："我和倩文都到瑞士苏黎世去，这楼房空下来作用不大。或许，我俩到那边会定居一辈子……”

“唉，针无两头利，既然侄儿铁定了心，那么我就找胖老板作个价，估计一百万元是不会成问题的。”

果然，胖老板听到卢静伟愿意拿楼产变卖赎回倩文，那胖脑袋笑得像一个爆开了的洋葱头，水泡眼睛眯成了一条线，连连点头："好！好！后天就带律师到你那里把手续办妥。”

过了两天，胖老板果然依约来到卢刚家里。但当卢静伟拿出房产契约，叫胖老板签字办手续时，胖老板却变卦了。

冒险定策

胖老板推开卢静伟的楼产契约，嘴角露出一丝轻蔑的冷笑："你的楼产我不要了。"

"为什么？"卢静伟质问道，"前晚我们不是讲得好好的？"

"昨天，来了一个日本大富豪，他专程到香港物色美女。他看过倩文后愿意出一百五十万港元把她赎走，带回日本去。"胖老板跷起二郎腿，轻轻摇晃着，好像他手里已拿到那些钱。

卢静伟心脏猛然抽搐了几下，眼看事情有了转机，谁知半途又杀出一个程咬金来。他用脚跺了一下地面，用手指着胖老板的鼻尖："大家商定的事，怎么你一下子又反悔了呢？"

卢刚也上前质问胖老板："出尔反尔，你太不讲信用了。"

"信用？"胖老板冷笑了几声，"信用值多少钱一斤？我这个人只讲实惠，有奶便是娘，谁给钱多，我就把货给谁！"

卢刚的脸色变得严峻："你太过分了，把我们当猴来耍，难道这事再没有商量的余地了？"

"余地？有！有！你们比那日本人多出点钱，我就可以把人赎给你们。"

"多少钱？"

"一百六十万。"

卢静伟怒冲冲地叱道："你简直是敲诈勒索！"

"喂，喂，你又不是法官，用得着你给我定罪名？"胖老板见卢静伟怒火冲天，就挥了挥手，说，"你不必气恼，我自己夜总会的事情，我自己会把它搞妥。"说完，一个转身就向门口走去。

卢刚见事情到了这般地步，就追上去，拉住胖老板的衣角："咳，有事好商量，何苦这样劳神损气呢？价钱好商量嘛！”

“商量什么？我开了价，历来就没有价还了。”

卢刚也没有咒他，只是赔着笑脸说道：“那么你给点时间，让我们再想办法筹借一下。”

胖老板歪着脑袋，斜睨着卢刚：“让你们想办法？不如我替你们想个办法。”

“什么办法？”

胖老板故弄玄虚地说了半天，最后才说出了他的办法。原来，胖老板在中环皇后大道开的金铺，最近生意受到冲击，原因是有一位非洲富商在离他金铺不远处又新开了一间“菲利士”金铺。铺里摆着一颗硕大的“三星蓝宝石”，它简直可以和英皇权杖上那颗重605克拉的“非洲之星”相媲美。它的出现，吸引了不少爱好珠宝的小姐太太慕名前去观赏，这一来，胖老板的金铺就变得门庭冷落……

讲到这里，胖老板的水泡眼泛出了诡谲的光：“那钻石标价六十万元。你们想赎倩文，行！除了这楼房抵押值一百万外，再设法给我弄到那颗‘三星蓝宝石’。”

“怎样弄法？”卢静伟困惑不解，“我哪有那么多钱去买这宝石呢？”

“嘻嘻！没钱买，那没关系，你可以——”胖老板做了一个抢的手势。

卢静伟看后，也明白了几分：“啊，你想叫我去打劫？”

胖老板点了点肥胖的大脑瓜：“对！对！你真是个聪明人，一点就明了。”

卢静伟的脸色却由红转白，连连摆手：“不！不！去抢劫，我宁愿死，也不去干！”

卢刚也搭上了腔：“胖老板，你引的路可是条羊肠道，须知打劫是犯法的呀！”

“哈！哈！连你这么大年纪，也没把世道看穿。”胖老板笑了起来，“俗话说，人无横财不富，马无夜草不肥。香港这么大，每天有多少人正干着犯法的事呀！但我看能被警方破案的还不到百分之一。”

卢刚面有难色，说：“你的话确有一定的道理，但打劫太危险了。”

“危险？在香港干哪一样不危险，走马路，会被车撞死；做生意，会被人吞掉。”胖老板摇头晃脑地说，“哼，我有肉，还怕没有老鼠来拖？那个日本仔现在返回东京，约定过了中秋节就来买她……”说完，他“噔、噔、噔”地走了。

胖老板走后，一连几天，卢静伟内心无法平静下来。今晚，他更是翻来覆去无法安睡。床头放着一张晚报，第一版上用黑体印的标题赫然入目：“白丽娜小姐中秋节征友。”旁边印着倩文的玉照，美丽的脸蛋上，明眸含怨带恨，嘴角流过一抹悲戚忧愁。这神态，令人更易产生一种怜香惜玉的感觉。报上这种含蓄的广告，行家都知道：这实际是向花界发动一次对倩文身价的投标活动。卢静伟在床上躺不住了，他索性起了床，倚着窗户，往外远眺。

“蓝马”夜总会的七彩霓虹灯，在墨蓝色的天幕下闪烁着奇幻的光彩。带着狂乱节奏的靡靡之音，从夜总会窜出来，向四周扩散。倩文，自己心爱的情侣，现在正像一只待宰的绵羊被关在那里，咫尺天涯呀！想到倩文“下海”的日期快到了，卢静伟的心比刀剜还难受。愤懑与羞辱，像两把巨大的钢锯，来回锯着他的心。找钱赎她？没钱！去打劫？不干！

就在叔侄俩摇头叹息的时候，警长林茂来卢刚家叙旧了。他听完卢刚的叙述，便愤愤不平地说：“胖老板真是逼人太甚了。难道除了打劫外，就没有其他门路了吗？”

“如果有门路，我们早就会办了。”卢刚显得有点沮丧，两条眉毛耷拉了下来。

“唉，报警对倩文不利，这事真难办呀！”林茂用左手托住下巴，两眼定定望着窗外，沉思了良久。突然，他倏地站了起来，用右手拍了拍警服：“刚叔，我怎能眼睁睁看着你的侄媳妇坠入娼寮呢？事到如今，为朋友两肋插刀，我也豁出去了。”

卢刚脸上露出笑容：“林警长，你有好办法了？”

卢静伟更是急切地起了身，趋前两步，用手拉了拉林警长的衣襟，眼睛闪射出希望的火花：“林警长，你有什么好办法？”

林茂见他俩这么问，便顿了顿：“办法？有，但不是好的。不过，总有一丝成功的希望。”

“什么办法？”

“打劫！”

一听到这个胖老板提过的词，卢静伟像泄了气的皮球一样，又瘪下去了。这时，林茂却反过来拍了拍他的肩膀：“静伟，办大事总要冒些风险。打劫珠宝行，的确很危险，但幸好近日我调了职，这条街是在我管辖范围之内。届时，我以追捕面目出现，但实际上掩护你逃掉，怎么样？”

卢静伟只觉压在胸口的千斤担子被人挪开了几百斤，但他仍犹豫地说：“不过，这于良心上过不去。”

“咳，你们这些人就是心肠太软，不像我们这些当差的铁石心肠。”林茂叹了口气，继续说，“你是为了救未婚妻，迫于无奈呀！”

卢刚也点了点头：“唔，这是自己救自己。”

人家身为警长，甘冒牢狱之灾，为自己出力，自己还有什么值得犹豫呢？卢静伟终于咬紧了牙齿，握紧了拳头，猛地往沙发扶手上一捶：“既然这样，我只好冒险干一场了。”

三天以后，林警长带来了打劫方案。每一个细节都与卢刚、卢静伟再三推敲斟酌，最后大家都认可了。

卢静伟与“蓝马”的胖老板签了出卖楼产的契约，接着，又开始了那冒险行动。

血祭海涛

中秋节前一天，傍晚六点多钟，下了一场大雨，大街小巷都湿漉漉的，街上行人稀少。

一个女子，打着深紫色的花伞在雨中蹒跚而行。伞，打得低低的，几乎盖住了她整个脸庞。她浓施脂粉，嘴涂唇膏，长发披肩，身穿桃红色的长袖柔姿衫，使高高隆起的乳峰十分刺目。墨蓝色的牛仔裤下，不是高跟皮鞋，而是一双平底的“柏仙奴”运动鞋。她右手吊着一个鳄鱼皮黑色手袋，踏着淌着水的街道，向“菲利士”珠宝店走去。

这个时髦女郎，不是别人，正是化了装的卢静伟。即使珠宝店使用闭路电视来监视，一下子也不容易识破这女子的庐山真面目。

行动之前，卢刚和卢静伟到了“蓝马”夜总会，亲手接过胖老板给他的“倩文卖身契约”和两张飞往瑞士苏黎世的飞机票。整个计划是：打劫定于六时多进行，卢静伟得手后逃出店外，至毕打街街口的拐弯处，将打劫到的蓝宝石扔进胖老板停候的“的士”，然后往西边跑，沿途有林警长掩护策应，将追击者引入歧途。卢刚与倩文用水翼快艇在天星码头附近接应。快艇冒雨穿过维多利亚湾、九龙湾，这时静伟可在艇上换装，在九龙城码头卢静伟以男子身份与倩文一道上岸，再乘“的士”

到启德机场，飞机八点整起飞。

从计划上看，是缜密的；从时间上看，是紧凑的。即使警方接到报警消息，赶到现场，查勘线索时，卢静伟和倩文都已经离开香港了，飞往那遥远的国度。为了拯救未婚妻，卢静伟这位足球中锋、短跑能手只好铤而走险了。

卢静伟从小街刚想拐进皇后大道，肩膀就被从后边伸来的一只手搭住了。卢静伟吃惊地回头一望：那人穿深蓝色西装，白衬衣上系着一条蓝色柔姿领带，外罩一件灰黑色塑料雨衣。他的面庞埋在雨衣兜里，鼻下有一撮短短的八字胡须，一副偌大的茶色眼镜把他的眼睛罩起来。那男子压低声音问道："你是卢静伟吧？"

这一句话，足令卢静伟大为心悸，他不敢用粗哑的嗓音作答，只是摆手否认。那男子却身子贴近他，问道："你要去哪里？"

卢静伟停住了脚步，狐疑地打量对方。他终于忍不住了，悄声问："你是谁？"

那男子把茶色眼镜摘了下来，答道："我是雅梦。"

卢静伟仔细端详，不错，从那双独具魅力的眼睛看出，这正是女扮男装的雅梦。他便没好气地问："你不是到日本去了？"

雅梦点了点头："哈，我又回香港了。我与你叔父无法再相处下去，就寄居在朋友家中，但我一直关注你与倩文的事。"

往事一下涌到了卢静伟眼前。正是她，向自己求爱不成，多次挑拨自己与叔父的关系，私藏毒品令自己尝受牢狱之苦。一股怒火烧上心头，他有点愤懑地说："我们家里的事，你别插手管了！"

"当心，这是圈套！"

"圈套？我已经中了你几次圈套了！"说完卢静伟就要走开，但雅梦拉住了他的衣袖，恳求说："那儿危险，你不能去！"

"你别死皮赖脸缠着我，滚开！"卢静伟用力甩手，雅梦打了一个趔趄，但她又站住了。忽然，她从衣袋里掏出一支小手枪，贴着雨衣，指着静伟，厉声喝道："你不能去，跟我走！"

这时,街上无人。一个是男扮女装,一个是女扮男装,紧张地对峙着。卢静伟从未见过雅梦闪射过如此凶狠的目光，如今，她那黑社会的丑恶面目已暴露无遗。怎样让营救倩文的行动不受到干扰？卢静伟故意顺从地转过身来，趁雅梦稍一松懈，一个马步，抢上前去，右手掐住雅梦的手腕，左手夺下了她的小手枪。接着，抡起右掌，朝雅梦脸上猛扇过去。雅梦被打得踉跄地转了一圈，摔倒在地上，连假胡子也掉了下来。

卢静伟把小手枪放进自己的裤袋里，回头向嘴角流血的雅梦斥了一句："要我跟你走？休想！我的心里只有倩文！"说完向皇后大道走去。

"菲利士"珠宝店内，装饰得高雅华丽。镀金的长筒灯罩从天花板上撒下乳白色光辉，约二十米长的玻璃柜台弯成了一个曲尺形，里面各种金银珠宝俱全。最惹人注目的是柜台正中有个枣红色的丝绒盒子，粉红色暗花锦缎上，放着一颗光芒熠熠的"三星蓝宝石"。宝石旁边，有两只乌黑花斑的非洲毒蜘蛛。听说如果有人沾上这蜘蛛的毒液，就会当场毙命。

这时，店内只有两个店员在招呼两对情侣挑选戒指，另一个老店员疲惫地坐在"三星蓝宝石"后边的柜台上。他见卢静伟进来，便机械地站了起来，堆起笑脸，态度殷勤地问："请问小姐，你要买些什么？"

卢静伟用手指指蓝宝石旁的那条鸡心项链，那个老店员躬腰从柜里小心翼翼地取出项链。卢静伟拉开了鳄鱼皮手袋，以迅雷不及掩耳之势掏出一支喷毒气手枪，向老店员脸部一扣枪机，一股黄色的烟雾，罩住了老店员头部，他干咳了几声就昏倒在地上。这时，卢静伟扬起手枪柄，向玻璃柜台猛砸了下去，“哐啷”一声，玻璃碎了，卢静伟立即向那两只毒蜘蛛开了一枪，黄烟还未散尽，他就迅速伸手夺过那颗“三星蓝宝石”，放到口袋里，转身就钻进雨幕中。

从取枪、劫宝至逃出店外，前后不过用了十多秒钟的时间。当其他店员醒悟被劫，用脚踩响警铃时，卢静伟已经逃出了商店。

雨“哗啦哗啦”地下，卢静伟拿着手袋，不顾一切地狂奔着。瞬间，他快到街口了，但突然从街口旁边一间杂货店冲出了两个黑人，一高一矮，横在街心正中。卢静伟心里一沉，暗叫：“不好！”

原来，“菲利士”的黑人老板也是个老谋深算的行家，他知道自己是一个外国人，在素有万国商埠之称的香港开珠宝行，利润虽大，但风险也大。他除了买通了这地域内的地头蛇外，还在店内安装了闭路电视，在街头、街尾均开设了杂货店。其实这两间杂货店是两个暗哨，有闭路电视直通“菲利士”，一旦“菲利士”出事，除了珠宝店内的卫士追击外，这街头街尾隐伏的打手也会倾巢而出，全力夹击。因此卢静伟陷进了追捕网中。

卢静伟把心一横，一不做，二不休，今天不是网破，就是鱼死！他一个闪身，朝高个子的下巴打出一个左勾拳，高个子被这突然一击打得下巴脱位，嘴巴流血，摔倒在地。那矮个子见状扑了过来，卢静伟又侧身闪过，与他交了几下手后，一个“扫堂腿”把矮个子扫倒。这时，后边人声嘈杂，卢静伟透过雨幕，看到从“菲利士”涌出几个持枪的卫士，正朝他追来，他一个急跳，跨过倒在地上的矮个子黑人，发疯地朝前奔跑。

一拐弯过毕打街，就见“蓝马”夜总会的胖老板坐在一辆银灰色皇冠牌“的士”里，车头侧边的玻璃窗开启着。卢静伟按计划把盛有蓝宝石的手袋掷进“的士”里面。胖老板的脚一踩油门，“的士”就似箭一般冲进迷蒙雨幕中，迅即就消失得无影无踪了。这时，卢静伟见骑楼底下站着全副武装的林茂警长。林茂向他甩了甩头，示意他快逃。卢静伟见打劫的几个步骤都如愿实现了，如今打掩护的又来了，就像吃了定心丸。

雨在倾泻，风在呼啸。卢静伟拼命地跑，林茂警长与“菲利士”的卫士在后边穷追不舍。卢静伟不愧是绿茵场上的快马，不一会儿，就把追击者拉开了很大距离。转过弯，呵，天星码头在望了。

一艘豪华的水翼快艇正停泊在岸边，艇上遮篷下站着几个人。那穿灰色西装的是叔父，白底花格衬衣的是静业，穿粉红连衣裙的是倩文。倩文也发现了静伟，踮起脚尖，向他频频招手。卢静伟好像打了一支强心针，跑得更快了。他似乎看到了苏黎世的异国风情，新生活的彩色花环……

卢静伟离海边越来越近了，四十米、三十米、二十米……突然，他发现水翼快艇悠悠地离开了岸。怎么回事？他边跑边向前伸出双手呼喊：“等等！”“等等——”

“静伟！”“静伟——”水翼快艇上，倩文从遮篷下冲到船边，倚着船舷，探着身子，向静伟呼唤。

卢静伟站在码头边缘，盯着渐远的快艇，十分惊诧，而后边的追兵越来越逼近了。

前无去路，后有追兵呀！就在卢静伟绝望之际，一辆乳白色的丰田牌“的士”从那边风驰电掣般驶来，“嚓”一声在他面前刹住了。雅梦从车里探出脑袋，向他招手喊道：“静伟，你上当了！快上车，跟我逃出去！”

绝处逢生，卢静伟刚想向“的士”跑去，“砰！”“砰！”两枪，雅梦惨叫了一声，头一歪，倒在车窗外，鲜血喷红了她垂下的秀发。卢静伟惊恐地朝前一看，只见林茂警长狞笑地站在那里，锃亮的枪口正冒着缕缕轻烟。这时候，后边又传来了叔父的一阵狂笑。

这时，卢静伟才突然明白了一切！看着为自己而献身的雅梦，他像一头发怒的困狮，从裤袋里拔出雅梦那支小手枪，一个转身，瞄着渐渐远去的快艇，他枪口的准星刚刚对准叔父狰狞的面庞，“砰！”“砰！”他后边又响起了林茂警长的枪声。他觉得像是有一把利锥从后面钻进了胸膛，痛得他跳了起来，胸口的鲜血如泉水般喷射了出来。

眼前，升腾起一片白雾，无数金星在面前飞旋。他尽力一扣扳机，“砰”，那子弹只打在波涛上。他已无法支撑失去重心的身躯，摇晃了几下，“倩文——！”他来不及把心里的话叫出来，就“扑通”一声跌落海里，接着，水里冒出了“咕咚”、“咕咚”的血泡，伴随着不断上冒的团团血晕……

快艇上，倩文目睹这惨象，哭叫了一声：“静伟——”，就昏厥过去了。卢刚却张开双手，向天号笑。是的，他想得到的都得到了：股票、楼产、宝石、少女……他想失去的全失去了：亲兄、亲侄、玩腻了的女人……

快艇，像箭一般射向海湾深处融进了白茫茫的雨帘中。风，在怒吼！雨，在狂泻！浪涛，愤怒地拍击着维多利亚海湾，像是在向人们讲述着什么……

（何初树）

（题图：王申生）

人生无常，除了饮下这一杯五味酒，我们别无选择。

禁忌·苦情

j i n j i   k u q i n g

一把辛酸泪

1990年，一个天气酷热的日子，一辆大型客车，载着众多的旅客，奔驰在从县城通往山村的柏油马路上。客车里，靠左边最后一排的座位上，坐着一位中年汉子，他蓬头垢面，紧锁双眉。阵阵爽心的凉风吹来，车里的人们不禁发出欢快的吁吁声，而那汉子，却耷拉着脑袋，一脸悲兮兮的神色。

汉子姓桂，名金东，今年四十有五。人生已过四十五载，他却在监狱里度过了二十个春秋，今天刚从监狱刑满释放回家。回首往事，他越想越觉得冤枉，二十年来，一个谜始终在他脑海中盘旋，一刻也没有间断过。

客车在向前行驶，随着离家的距离越来越近，他的心却越发感到沉重。他不禁暗暗骂了一句“他妈的”，随即拉开窗门，重重地向外面吐了一口痰。

哪知他这口痰正好打在擦车而过的一个坐在小轿车内的老人的手臂上。

桂金东为自己的“失误”吃了一惊，下意识地伸头向后一望，只见那轿车竟掉转头向这边驶来。桂金东料定一场激烈的“战斗”难免，他的心里盘算着，做好了“迎战”的准备。

果然，小轿车很快赶到客车的前面，“吱——”的一声稳稳地停在路的中央。客车司机慌忙刹车，刚要斥责不懂交通规则的小车司机，只见从小车内走出一位老头，他弓着背，还把光溜溜的左臂抬起，走下车，径直来到客车门口，示意司机开门。车门打开后，老头踏上车，伸出左臂语气沉重地问道：“刚才是哪位吐的？”

车上的人们到此刻才知道眼前所发生的是咋回事。大伙一看，老头约莫六十多岁，花白的头发，脸膛微红，身子骨还挺健，只是他的脾气似乎太古怪了点。这样的事若是别人，不过是叫一声“倒霉”，骂声娘然后把痰擦掉，也就拉倒，可这老头竟拦车问罪，非要拼一个“你死我活”。

桂金东毫不犹豫地从座位上站起来，双眼逼视老头说：“是我，干吗？”

老头一听，抬眼相望，当两双眼睛猛地相遇时，两人都愣着相视不语。

车内的旅客可耐不住这种沉默，不知是谁嘲讽道：“嗬，把车叫停，原来是顶眼棍啦。”

这一声叫“醒”了老头，老头仍然伸出左臂，走到车后，想再对桂金东询问什么，只见桂金东把脸一虎，大声说道：“是我就是我，我不承认了吗，怎么？你还要来吃人？！”

“你，你这人怎么不讲理。”

“谁不讲理？一口痰把别人的时间都耽误了，你是什么大官，耍啥威风！”

这时，车内旅客议论开了：“是呀，这老头真是高射炮打蚊子，小题大做。”客车司机也高叫一声：“老人家，下不下车？再不下，我可要开车了。”

老头受到奚落，微微发红的脸渐渐变了颜色。车“嘟嘟”在启动，老头急忙跨下车，对车内大声地叫了一句：“好，我以后跟你说。”

桂金东一听，使劲地一拍胸脯，冷冷地说：“我坐不改名，行不改姓，我叫桂金东，家住杨河乡古槐村，你老东西啥时有工夫我啥时奉陪！”

“嘟——”的一声，客车在小轿车左边打了一个折，尔后，快速地向前“飞”去。

桂金东怏怏回到故里，虽然亲戚朋友前来“热闹”了一番，但气氛多少带有一点凄凉。因为在这二十年中，桂金东的父母双亡，而父母留给他这个独子的只是两间破土房。

晚上，桂金东独自倒在床上久久不能入睡。二十年前，那段辛酸的往事像一阵阵狂风恶浪，又在他脑海中翻腾起来：

1970 年夏初的一天中午，在田里集体干活的人们都回去吃午饭了，副队长桂金东见天阴沉闷热，眼看要落雨了，就打算把田里剩下的一点“尾子”收了再回去。待他弄好正要回家时，突然，从不远处的生产队大厕所里传来一声女人的“救命”声。桂金东喊声：“不好！”扔掉手中的工具，拔腿向大厕所奔去。

那时是大合拢，生产队为多积肥，专门砌了个又深又大像口小塘的大厕所。厕所没有盖，上面只草草地支撑着两块腐朽的木板以备“急用”，上厕所的人不小心很会出乱子。当金东奔进厕所时，果然有个女子正在厕所内挣扎，金东毫不犹豫地“扑通”跳进厕所，很快把那女子救了上来。

可是，天才知道，那女子被救上来不到五分钟便离开了人世。

俗话说：活人是根草，死人是个宝。那女子一死，问题便来了。死了人，生产队有天大的事也要放下来发动群众调查。调查结果发现，女子的脖子上有两道带伤的痕迹。其实，那是女子掉进厕所时，被厕所上面的两块木板擦伤的。可是，有些想“立功”的人，便在私下议论，硬说是被金东用手掐的，这是一起谋杀案。一说是“谋杀”，人们自然而然想起了那女子躺在地上的时候，下身确确实实是赤裸着的。这样，金东便成了重大嫌疑犯。为了验证人们的猜测，大队长命令把村里的“权威”黄大元拉了来检验。

这个黄大元是医学界的“反动学术权威”放到这儿改造的。他在一帮人的簇拥下，战战兢兢低着头来到出事地点。他走上前，见那女子的嘴角流出了一些白沫，就伸手抹掉，再去观察女子脖子上的血痕。这时，大队长突然大声喝问:“黄大元，这痕迹是被掐的吗？”黄大元一怔，尔后，哆嗦着支支吾吾说:“大概……是的吧。”站在人群后面的桂金东听到“黄权威”的宣布，顿时“咚”一头栽倒在地上……于是，桂金东便以“流氓罪”重判了二十年徒刑……

桂金东回到家，强打起精神，暗下决心，从零开始，尽自己最大的努力把二十年的损失夺回来。

一天傍晚，他背着锄头从责任田里回家，远远看见生产队老队长陪着一个驼背老人坐在他家门口。他好奇地快步赶到一看，愣了：驼背老人不是别人，正是那天在回家路上遇到的老头。

桂金东放下锄头正要发问，只见驼背老人站起身说：“怎么，金东，不认识了？”

“你是……”

“我是黄大元呀。”

一听黄大元三个字，桂金东顿时两眼冒花，脑袋炸响，身子左右摇晃起来。驼背老人见状，嘴里喊着：“金东，金东！”忙上前来搀扶。

金东搡开他，怒吼道：“黄大元，你，你这个没心肝的，没良心的老东西。给我滚！”说罢，他两眼发黑，一下晕了过去。

待桂金东醒来，已是午夜。他睁开眼，见老队长和黄大元默默地坐在床沿边。黄大元见金东醒来，忙俯下身，两眼注视着金东那消瘦的面颊，轻声地问：“你醒了？”

金东无力地摇了一下头，两眼发直，憋足一口气，怒斥道：“黄大元，你害得我好苦啊！”说罢双手掩面，泪水潸然而下。

黄大元在老队长的陪同下，无可奈何地站起身，一步一步地离开房间。临出门，黄大元回头对桂金东内疚地说：“金东，我这次是特意来给你补偿的，我明天还来看你，好好休息吧。”

黄大元是位研究内科的专家，平反后回到原单位继续执教兼行医。多年来他经过细心的临床观测，逐渐掌握了一套独特的看病方法，即通过人的口痰就能一眼看出是否有病，有什么病，这就叫“观痰定乾坤”。那天，他在外地巡回讲学回家途中，从客车内飞出一口痰，正好打在他的手臂上，他睁眼一瞧：那痰呈淡绿色，里面含有少量的血丝，凭直观他立即断定，吐痰者一定得了一种潜伏很深的病，即“间歇性肺部扩大”。这病，病人很难发觉，一旦病情发作，便有生命的危险。于是，他便驱车返回，要给那位不知得“重病”的人彻底诊断。可那天黄大元的一举一动却受到了人们的误会，特别是受到了吐痰者的责骂。等黄大元下车时，听到那吐痰者说了一句“杨河乡古槐村桂金东”，他震惊了。他怎么也不会想到，“桂金东”，这个牢牢扎在他脑海里的名字，就这么半路“杀”

了出来。看到远去的客车，黄大元两眼含泪，他暗暗发誓，一定要把那可怜的人从“病危”中挽救回来，以作为二十年前的补偿。

就这么，黄大元带着药，专程赶到了他曾经受过各种凌辱的地方——杨河乡古槐村。

黄大元的到来，无疑给桂金东伤感的大脑多添一根忧郁的神经。一连数天，桂金东对黄大元依然是怒目斥之，在万般无奈之下，黄大元只好作罢。最后，在黄大元准备离开古槐村的时候，他写了一封信，尔后拿出一个红包和一袋子药交给老队长，让老队长转交给桂金东。

一天夜里，风很大，乌云似恶狼一般在天空翻滚。没有雷声的闪电频频闪烁，像根根银鞭，一场暴雨即将来临。

老队长来到桂金东家，把黄大元托交的“礼物”转交给黄大元，说了几句安慰的话，就匆匆离开了。看到眼前的东西，桂金东感到纳闷，他好奇地先打开红包：啊？钱！仔细一数，正好五万元。

怎么这么多钱？黄大元在搞什么鬼？带着无数个问号，桂金东打开信封，只见上面写道：

金东：

你被冤枉了，你受苦了！这二十年来，我一直在“苦海”里煎熬，我很苦恼。我知道，无论怎样解释，你都不会相信的，但总有一天，我会把实情告诉你的。这次，我是来专程给你治病的。从那天“相遇”，我知道你得了一种很危险的病，叫“间歇性肺部扩大”，这病一旦发作，后果不堪设想。请别急，若按我药中的说明治疗，一个月内便会痊愈。另外，我给你送上五万元钱，给你以后办大事用。金东，以后我会和你联系的，请多保重吧。

你的仇人：黄大元

桂金东手捧信件，呆呆地望着窗外闪耀的电光，脑中繁杂的思绪渐渐清晰了。说起病，桂金东确信黄大元所说的是事实，这些年来，他老觉得胸口不定期地郁闷，有时感到胀，胀得使人窒息。原来是得了一种“重病”。桂金东惊喜地把黄大元送的药拿出来，很小心地自治起来。

果然，一个月后，桂金东感到身体比以往好多了，可那五万元钱一直未动。他想，事情既然过去了，再打再闹也追不回来，那时黄大元虽然有错，可他也是身不由己呀！而且，把自己关二十年也不是黄大元一句话所致，主要还是上面的原因呀。特别是黄大元信中那句“我会把实情告诉给你的”，一直牵动着桂金东的心。

他像盼星星盼月亮似的想再见一见黄大元。但是，他问老队长，老队长只是摇摇头。他只得盼着，等着，盼望黄大元来信。

终于，在1990年岁末，黄大元来信了，信中邀请桂金东来年春节到他家做客，并告诉桂金东他家的详细地址。

1991年新年伊始一个阳光明媚的日子，清晨，桂金东打点行装，带上那五万元人民币，匆匆踏上了通往宣源市的客车。

经过几天的周折，终于来到黄大元信中所说的光明路桃园新村。当桂金东踏进桃园新村时，顿时感觉到气氛不对，新村里面隐隐约约传来阵阵哀乐的声音。他神情紧张地依门牌号向前数去，到了15号，屋里果然是哀乐震耳，哭叫声连成一片。

桂金东大步跨进大门，只见屋子正中央摆着一副灵柩，灵柩前面端端正正地放着的正是黄大元的遗像。

当桂金东懊丧地站在灵柩前时，从侧房走出一人，来到桂金东的旁边低声地说：“同志，您是杨河乡古槐村的桂金东吧，我是他的儿子。请您到这边来一下，我父亲在临终前让我交给您一个东西，请。”

桂金东被请进侧房后，黄大元的儿子郑重地交给他一封信。

金东：

我知道你会来的。二十多年了，我艰难地熬过了二十多年，始终没把这个谜讲出去。我是有罪的，我对不起你，更对不起那死去的女子。

你知道吗，那时，我蹲在牛棚里，日子多难挨呀。特别是在夏天的晚上，蚊虫“嗡嗡”直叫，多得吓人，使我坐也不是，睡也不成。可能你还清楚，我的牛棚离那出事的大厕所不远，就在出事的头天晚上，我为了消灭蚊子，偷偷向大厕所里倒进了三瓶剧毒敌敌畏。第二天，我怕再背上什么罪名，没敢向大队长汇报，哪曾想到，第二天中午，那女子竟掉进了厕所。那女子既不是被掐，也不是被淹死，而是喝了里面的水，中毒死的啊！当时你没发现吗，那女子躺在地上，口里不是流着白沫吗。金东，我去了，我不能把罪名一直强加给一个无辜的人。我有罪，有罪！请把这个谜告诉给那位死去的女子的父母吧，告诉给全古槐村的人们吧！

大罪人：黄大元

“天哪——”，看罢信，桂金东立刻被一个无形的魔爪给罩住了，想动，动不了，想跑，跑不掉。桂金东趴在桌上，恸哭失声。

哭谁呢？是哭自己的命苦，还是哭黄大元的痛楚？是哭那时不分青红皂白的运动，还是哭二十年宝贵的年华？桂金东默默地立在黄大元的遗像前，久久不能得出个圆满的答案。

（姜金梓）

（题　图：施其畏）

兄弟情仇

李家有个童养媳叫水兰，16 岁时出落得人见人爱，邻里都夸李家有福气。可是，李家也有烦恼的事，就是：水兰许配给李一还是李二呢？

李一李二是孪生兄弟，今年都已 16 岁了，但两人的性格不同：李一厚道讲义气；李二聪明有能力。兄弟俩对水兰都掏心掏肺。李一从山上给水兰带来八月黄，李二便从镇上带来一条头巾；李一帮水兰切猪草，李二便教水兰唱山歌。兄弟俩也不伤和气，心照不宣地抢着水兰的心。

起先，李家大人还有些着急，担心兄弟俩闹出伤风败俗的事来，但后来看到兄弟俩并无争斗痕迹，大人们也就放了心。

天有不测风云，一支游兵散勇路过村子，将李一抓去当兵。从此李二就独自伴着水兰，两人渐渐亲热起来。

一日，他们到后山坡挖红薯，水兰挎着篮子，李二扛着锄头，一前一后，像对小夫妻。水兰一转身，说："二哥，红薯啥时候长大？"

李二点头，说："秋天就长大了。"

水兰走几步，又转身问：“二哥，人多大了算长大？”

李二一笑，顺手折朵野菊花插在水兰头上，说：“我们正长大呢。”水兰脸一红，噔噔地独自跑上山坡。

李二挖红薯，水兰捡红薯，不久就满了一篮。两人坐在树下乘凉，李二教水兰唱歌：“一更里哟一寸香，哥哥打扮进妹的房……”

水兰嘴一撇，双手蒙眼，咯咯一笑，说：“不唱不唱，羞死人了。”李二便逗她，伸手摸她的颈脖，水兰笑成一团。

李二一把搂住水兰，说：“不准笑，不准笑，再笑就不带你回家。”说着，两人抱在一起。李家大人不知，天地却可以做证，李二和水兰就这样圆了房。

不久，又有一支军队路过村子，把李二也抓走了。李家倒了门楣不说，更苦了水兰，她整天痴等着，泪流干了，嗓子哭哑了，不吃不喝。李家大人慌了手脚，只道丢了儿子将来又要丢儿媳，这是作的什么孽呵！

李一、李二分别在两支军营里当兵，打过不少仗，却都只想着一件事：早日逃回去和水兰一起过。无论在炮弹纷飞的战场，还是在一片静寂的营地，他们心里只有水兰在笑，在唱。

一日，李二所在军队在一块高粱地里打仗，先打了一个上午的炮弹，下午时分就短兵相接。李二撂倒几个敌兵，却不防刺刀断了。几个敌兵围着他，转一圈，如猫耍老鼠般，也不急着置他于死地。李二慌作一团，心里对水兰喊：水兰，不能回家看你了，将来哥回去了，你就靠他吧！明晃晃的刺刀离他越来越近，谁都明白这刺刀刺入肉体是什么滋味。

李二全身筛糠般发抖，差不多要瘫下去。可是，天下事也是这么巧，猛听见有人大喊一声：“弟……”接着几声枪响，逼过来的几把刺刀丢在地上，人也倒下几个。那边有人丢了枪，猛扑上来，竟是李一。

李二明白过来，跪在李一脚下，痛哭不已，说："哥，我们回家去吧。"

李一也流泪，千般情绪结在心头说不清，许久，才哭着说："弟，我们回家去。"

他们偷偷溜进一片高粱地，顺着一条沟跑，跑呀跑呀，跑到天黑才停下。李二到附近弄了点吃的来，两人狼吞虎咽地吃饱了，才各人讲起自己的情况。李一不断地问："水兰怎么样？"李二明白李一的意思，只是含糊回答，两人又继续上路。

忽然，李二停着不走了。李一问："有什么事？"

"哥，我不回去了。"李二说。李一大吃一惊。李二吞吞吐吐地说："哥，我知道你也喜欢水兰。你救了我一条命，水兰我让给你了，算我对你一点报答。你回去照顾好水兰，我过几年再回去吧。"

李一不知如何是好，李二转身跑了。

李一回到家里，不久便和水兰圆了房。他耕田种地，水兰养蚕织布，不久又生了个儿子，一家老小过得和和气气。

两年后，李二突然回到了家里，他一身灰尘，鞋也破了。水兰一见他，两眼含泪，忙打水给他洗澡。水兰成了嫂子，李二也不便说什么。李一下地干活，李二也跟着下地。李一不在家，李二也借着理由出去，他不好意思单独和水兰呆在一起。

日子虽然平平安安地过去，但水兰和李二相思得掉了魂，终究管不得这么多规矩了。有一日，当李一扛着木犁出门时，水兰和李二竟抱在一起流泪。水兰有多少话要说呵，怪李二不早点回来，李二便将原因说了个清楚。水兰在李二怀里一个劲儿哭，用指甲掐李二的胸脯，李二便将水兰搂得更紧。

正在这时，李一回来拿牛轭，冷不防碰到这种场面，一下子愣住了。

好半天抄起一把刀逼向李二。李二心想不妙，起身出门，李一就追出门，一个逃，一个追。李二跑得快，追不着，李一便挥刀掷过去，不偏不倚，刀落在李二的左腿上。李二顿时身子一歪，喊了声："哥……" 倒在地上，身下立即出现了一摊血。

李一这才想到自己出手太狠，上前扶住李二。李二却推开李一，狠狠地说："哥，我这条命是你给的，我报答过你了。今天你砍了我一刀，我们谁也不欠谁的。水兰的事，我们把话挑明，由她说爱跟谁就跟谁，以后你不能怪我无情。"

这时，水兰赶过来，她流着眼泪帮李二包扎好伤口。李一呆在一旁，看着水兰和李二的亲热劲儿，想到水兰还没有这样对自己好过，心里非常痛苦，暗暗流着眼泪，转身走开。

李一没有往家里走，而是走向很远的地方，一走四十年没有消息。

四十年后，李一才回来。他漂洋过海，回到家乡，穿着退役军人的服装，口袋里有很多钞票。他仍孤身一人，钱没处花，全部带回来了。看到李二和水兰时，他们互相几乎都认不出了。李二瘸着左腿，上前拉着李一的手，哭着喊："哥……" 水兰在旁边低头擦泪。

李一默默地流着眼泪，不敢看水兰一眼。孩子都成了中年人，都喊李一"伯父"，连李一的儿子也这么喊。

后来，李一给了李二很多钱，非要李二将瘸腿治好不可。他自己在李二家的旁边造了幢楼房，住在里面不大出来。他见了水兰总低着头，水兰轻轻地喊他"哥……"，他还是默默地不回答。

（曹茂荣）

（题图：丁德武）

我的母亲是修女

自从母亲离开我之后，我一直恨她，刻骨铭心地恨，有时恨到深处，我甚至会找个东西假想是母亲，然后对着它拳打脚踢，直到没了力气才住手。

说起来，我的母亲是一个修女，是那种甘愿把一生献给上帝而不结婚的人。“文化大革命”那阵子，宗教信仰都被视作封建迷信，我们那里的教堂也被强行关闭，人员被遣返原籍。几乎所有的人都回去了，到最后只剩下两个人，一个是年方二十的小修女，另一个是教堂里的小神父。他们两个人都是孤儿，从小在教堂里长大，没有什么亲人，于是只好让他们留了下来。

不知是谁突发奇想：既然空荡荡的教堂里只有他们一男一女两个人，那为什么不可以凑成一对夫妻呢？这个想法够刺激！造反派们兴奋起来，于是便分头去找他们说这件事。但是一次次地劝说，换回的都是无言的拒绝。

造反派们恼了：一对帝国主义的洋奴，敬酒不吃吃罚酒，想造反啊？他们不由分说，强行把修女和神父关进一间屋子，想逼迫他们硬成夫妻。

许多天过去了，可是造反派的阴谋并没有得逞。于是他们一计不成又生一计，把两个人放进一个不足四平方的干井里。那时，正是冬天下雪的天气，他们只给了两个人一条被子，可尽管这样，修女和神父还是不肯屈服。第二天，当太阳照在干井里的时候，造反派发现井中的一男一女两个人各守一个角落，一条被子被中间截开，两个人各拥半条。

这下造反派彻底没辙了，于是便对他们说："既然你们不愿成夫妻，那好，明天就罚男的去劳改，女的呢，随便送给谁算了，反正乡下光棍多得是。"

这话犹如晴天一声霹雳，直到这时候，修女和神父两个人一直都很安和的眼中，才第一次流露出惊恐与不安。造反派们很是得意，终于又改造了两个帝国主义的"洋奴"。

这天晚上，修女终于犹犹豫豫地向神父靠拢，而神父也终于没有拒绝。月光透过窗子照进屋来，照在两个人的身上……

就在这时候，"哇——"屋外突然响起一阵欢叫声。原来，那些造反派一直悄悄候在屋子外，就等着想看好戏哩！

这是何等的耻辱！神父大喊大叫地从屋子里冲出去，要找那些人拼命。但又有什么用呢？除去饱受一顿拳打脚踢，竟然还被人在身上撒了一通小便。

第二天，教堂旁边通向城外的那条河里，浮起一具尸首，眼睛睁得大大的，很是吓人。当时，没有一个人敢走上前去，就见那修女一言不发地跳进河里，把尸体背上岸，整理好，然后又背到城外，默默地掩埋入土。

十个月以后，修女生下了一个男孩，那就是我。在我的记忆里，母亲似乎从不说话，甚至于当我被别人骂，被别人打了，她也是一言不发，拉了我就走。记得有一次，是我打了别人，她硬拉着我上别人家去赔罪，被别人唾了一脸，也还是一声不响。

十四岁那年，我考上重点高中，要到学校去住宿了。毕竟是我的母亲，晚上，我走进她的房间，想在离家的时候，好好和母亲说说话。可是，母亲依旧一言不发，末了，只是幽幽地对我说："明天，我要走了，回教堂。以后，你要多照顾自己。"

第二天，走在通往教堂的路上，我不停地哭，我想用泪水唤回我的母亲。可是，母亲却连头也不回，径直地走了。我忍不住蹲坐在地上，号啕大哭。哭了很长时间，我突然意识到：以后，在这个世界上，我再也没有一个可以依靠的人了。我对着母亲远走的背影，大声哭喊着："我恨你，我恨死你了！"

高中三年，我只知道拼命地读书，最终如愿考上了医科大学。

那一次，老师分给我们一个实验项目，观察一群小白鼠的癌变情况。我们例行为小白鼠接种病毒，可是没过几天，就发现其中有一只小白鼠的腹部超常规地隆起，这显然不是病毒引起的，经检查，它怀孕了。

时间一天天地过去，小白鼠被接种后在身上出现的毒瘤一天天地长大，与此同时，那只怀孕的小白鼠肚子也越加隆起。这一天，按照我们的实验进程，从这群小白鼠的受毒时间推算，应该是它们结束生命的时候了。上午，我拿了消毒器具准备去做清理工作，猛地发现倒下的那群小白鼠周围，多了四五只红色的小东西。原来是那只怀孕的小白鼠生了，而且它竟然还活着，只是显得很疲惫，身上已经没多少肉了，所以那只毒瘤也就特别显眼。只见它双眼紧闭，喘着气，猛地转过头来，对着那只毒瘤子狠命地咬了下去。我一时惊呆了，眼看着那小白鼠一口咬下去，血流如注，但它还是不松口，直到把瘤子全部咬下来，它才安静下来。

随后的事情简直是奇迹！虽然那小白鼠瘦得几乎不成样子，但每天还是努力地吃东西，它的几个孩子也不停地吮吸它的乳汁，一天天地长大。不知怎的，一股悲凉之情刹那间从我心头升起，这些小白鼠使我联想起自己的身世，我不由黯然神伤。

那天清晨，我照例又到实验室去，几只白鼠孩子在笼子里活蹦乱跳的，而那只白鼠妈妈却一动不动地躺着，它终于死了。我心里一顿，再算了一下日期，这一天正好是白鼠孩子的断乳期。我幡然顿悟：白鼠妈妈是出于母亲的本能，才顽强地活了下来。

呵，母亲！我猛地跌坐在地上。我仿佛听见一个遥远的祈祷之声，突然也停住了。那是我的母亲么？

我明白了，我其实是不应该到这个世界上来的，如同这些小白鼠一样。因为，我的存在是母亲的耻辱，我的成长也时时刺激着母亲的痛苦。我是辱没了父母最神圣的东西的结果，但母亲依旧忍受着世俗的羞辱，将我养到可以独立的时候。

我不顾一切地踏上回家的路，满怀内疚，虔诚地守候在母亲的教堂门口。一位年长的修女接待了我，我还没有说出母亲的教名呢，她就像早就知道了我会来似的，径直把我带到一个屋子里，对我说：“你母亲昨天刚刚到另一个世界，她知道你迟早会来，托我把这些东西给你。”

年长的修女缓缓地打开柜子门，捧出一叠衣服，说：“这些都是你母亲为你做的，从你十四岁读高中开始，她每年做两套。你可以清点一下。”

望着这些由小到大的衣服，我喃喃问道："母亲，母亲临死前没有说些什么吗？"

"没有。"年长的修女对我说，"她只说，你要是问，就指给你看这扇房门，和桌上的这盏灯。"

我的泪水唰唰地流了下来，我仿佛看到油灯下，一个瘦弱的修女就着昏黄的灯光，一边做着永远送不出去的衣服，一边望着门外，等候一生不会再见的儿子。

呵，我的母亲！

（原　兴）

（题图：杨宏富）

哭泣的红秀

山脚下有个村庄叫徐沟村，村里有个姑娘叫红秀。说起这个红秀呀，那可是十里八乡出了名的漂亮妹子，皮肤白白嫩嫩的就像刚出锅的嫩豆腐，一张俊俏的瓜子脸上点缀着一双黑亮黑亮的大眼睛，这双眼睛要是扫谁一眼呀，嘿，保准叫他十天半月觉睡不着，饭吃不香。

不用说，这么漂亮的妹子到谈婚论嫁的年龄后，上门提亲的肯定排了一长队，看那阵势简直要把红秀家的门槛磨下去两寸。可红秀挑来看去就是一个也相不中，你知道为啥？人家心里有人了，人家早就相中山上平洼村的柄子了。

柄子家穷，但柄子志不短。方圆十来个村子，在城里读完了高中的就他一个，人家一开口就文绉绉的，要多好听就多好听，穿戴也干干净净的，一看就知道是个文化人。最让红秀动心的是，柄子头发里有一股香香的洗头膏味。那一次红秀到平洼村她二姨家走亲戚，正好和柄子走了个迎面，柄子头上的洗头膏味一下子香到她心窝里去了。

咱长话短说，也许红秀的痴情感动了上苍，两年后红秀真的和柄子结了婚。红秀觉得她嫁进了蜜罐里，幸福得没法说。但是她又隐隐觉得柄子并不幸福，红秀常常见他把眉头皱成一个大疙瘩，问他，他又不说是啥事。

他们结婚的第二年，柄子爹突然得了一场病，瘫了，柄子的眉头就锁得更紧了。终于有一天，柄子对红秀说："我得出去。"

"出去？"红秀问，"去哪儿？"

"去南方。"

"南方？南方是哪儿？"

"南方就是南方，说了你也不懂，问这些干啥？"

红秀噎了一下，停了一会儿又问："去南方干啥？"

"挣钱。"

红秀就不理解了，她说："咱家不是还有二百多块钱吗？"

"饿不死，撑不着，这算狗屁有钱？"

红秀不再说啥了，她想，只要柄子能不再锁眉头，那他想去南方就去南方吧。过了两天，柄子真的打起背包走了。红秀强装高兴，把柄子送出村外，有人问，她就笑着跟人家说，俺男人去南方给俺挣大钱呢。临分手，她说："你就放心地去吧，咱爹，还有地里的活儿有我呢。"

开始，红秀并没有感到生活太难，可渐渐地就不行了，光地里的农活就累得她快直不起腰来了，回到家还要照顾瘫痪在床的老人，赶上农忙的时候，她经常连饭也吃不上。这时候她就特想念柄子，想家里如果有个男人该有多好啊。

大概是柄子走了将近一年后的一天深夜，红秀正做着和柄子亲热的美梦，院里突然传来“扑通”一声响。红秀慌忙穿上衣服，拉开门想看看出了啥事儿，不料，一个人一闪身扎进了她的屋子。

来的人是村长。红秀吓得连连后退，话也说不利索了："村……村长，你这时候来干、干啥？"

村长先是不说话，一双放着淫光的小眼使劲儿盯着红秀，过了好大会儿才说："干啥，你说干啥？"说着就往红秀身上扑。

红秀躲开了，说："村长，你要再这样，我就喊人了啊。"说着她就做出要大喊的样子。

村长害怕了，说："别喊，我这就走。"临出门，又回头说，"算你行，不过我就不信你不想男人。"

村长走了，红秀却抱着枕头哭了一夜，她会不想男人吗？她做梦都想柄子呀，你到底在哪里啊？你知道吗，我想你都快想出病来了啊！

再说柄子，他从家里出来后，坐车直接来到了深圳，在一个建筑工地找了个零活儿，月工资八百元。他本来想往家里寄四百，自己留下四百做生活费。第一个月的工资领到手后，他就拿着去了邮局，路上经过一个发廊，一位漂亮的发廊妹拉住他说："大哥，进来理个发吧。"这时候柄子想起来他已经好久没有打扮打扮了，于是他就跟着发廊妹走进了发廊。谁知这家发廊是干那个的，发廊妹在柄子身上三摸两摸，柄子就撑不住了，等他出来的时候，兜里的八百块钱也就剩下四百了。

柄子有点后悔，但又一想反正下个月还有工资，等下个月再往家寄也不晚。可是等第二个月工资发下来后，柄子又忍不住在另外一家发廊里花了四百。第三个月，第四个月，柄子始终没有往家里寄一分钱，他想：唉，反正人挣钱就是花的，咋花不一样？

红秀原以为那天夜里把村长吓跑以后，他就再也不会想她的好事了，谁知刚刚过了两天，村长就又来了。这次村长没有直接要求红秀办那事，他说红秀你们家的提留该交了。红秀虽然知道村长来的目的是什么，但嘴上还不得不说，村长你看我这男人不在家，我一个女人家，里里外外也够难的，你就宽限几天吧。村长的眼里又放淫光了，他说宽限也行，不过你该知道我想要什么。红秀又哭了，柄子都走了近一年了，至今也没给家里寄过一分钱，地里庄稼换的那两个钱儿，连给老人看病吃药都不够，哪儿再去弄钱交提留？村长就趁机抱住了红秀的腰，红秀死挣活挣挣不开，剩下的就只有哭了。

从这天起，红秀的院子里经常半夜响起“扑通”声。这一年，村长没有再收红秀家的提留，说红秀是村里的困难户，免了。村长哪天来，红秀哪天就想柄子想得特别狠。她想，柄子呀，你快点回来吧，咱不要挣那些臭钱了，你的老婆在家被人欺负了啊，你知道吗，柄子？

日子就这样不紧不慢地朝前滚着，直到有一天，柄子突然把电话打到村委会，说再过两天他就回家了。听到这个信儿后，红秀坚决地对村长说：“我男人就要回来了，你敢再来我就叫他打断你的腿。”

柄子刚进家门时，把红秀吓了一跳，他穿着一件脏兮兮的褂子，脸上也黑一块白一块的，像是三年没有洗过了。一问才知道，这两年柄子在外面拼了命地干活，也确实挣了不少钱，可正当他要带着回家时，包却在火车站被偷了，没办法他只有扒货车回家来了。没等柄子说完，红秀就一头扑进了他的怀里，心疼得眼泪“扑嗒、扑嗒”往下滴，她说：“不管咋着，回来就好，饿不死人家就饿不死咱，怕啥？”

可是红秀想错了，柄子回来后，和走之前不一样了。回来后他成天地闷在房里睡大头觉，红秀催得急了，他也扛着锄头到地里转一圈，但总是刚到地头就拐回来了。他说："那点地种它干啥，辛苦一年还不够赔血汗钱的呢，那点收成我柄子根本就不看在眼里。"说归这样说，但柄子又丝毫没有挣大钱的门路，甚至根本就没有挣大钱的想法。红秀拿他没办法，只得再次偷偷地哭。她想这外面到底是个啥世界哟，好好的人出去两年，咋就变了呢？

村长对红秀并没有死心，柄子刚回来那几天，虽然他心里也很想再和红秀套套近乎，但他没有那个胆量，只能在红秀家院墙外转两圈了事，因为柄子不是一般的农村小伙子，那可是十里八乡出了名的大能人。

可是渐渐地他发现事情并不是这样，现在的柄子越看越像一个大脓包，于是他的胆子大了。这天，柄子刚刚被红秀劝到地里去，村长就推开了红秀的门。当时红秀正在给柄子缝制一件新衣服，她一见村长脸都吓黄了，她说村长你咋恁不要脸，俺男人都回家来了你还往俺家里跑？村长咂咂嘴说："红秀你还得和我好。"说着就把红秀往床上推。

红秀急了，说："村长，我跟你说，你再来我就让俺男人打断你的腿，你等着，我这就去地里喊他去！"

村长一声冷笑，说："就他那个熊包，还打断我的腿？红秀你也想想，以前你一个人干活养两个人都困难，现在再加上一个吃闲饭的，你的日子不更需要我这个村长照顾吗？"

一句话说到了红秀的痛处，她忍不住又哭了起来。村长乘机扑上去，再一次满足了他的欲望。

村长刚走，柄子就扛着锄头回来了，一进屋就说："完事了？"

红秀的缝衣针就扎进手里了，她问："啥……完啥事？"

柄子说："你跟村长的好事啊。"

原来柄子刚到地里就回来了，进家时正好赶上村长和红秀办那事，于是他调头就出了家门，到外面遛了一圈才拐了回来。

红秀“扑通”一声就跪在柄子面前了。她说：“柄子我对不起你，可是我一个女人家也是没有办法啊，现在你既然已经知道了，愿打愿骂都随你，就是杀了我，我也不会怨你。”

柄子却笑了，像得了个宝贝。他拉起红秀，说：“谁说要打你骂你了，这种事我在外面见得多了，根本算不得事啦，我也不会放在心上。不过我得问问你，村长他给了你多少钱？”

红秀愣了，好长时间没有反应过来，她机械地说：“钱，他没有给钱。”

柄子一巴掌打过去：“混蛋，不给钱你跟他干啥？”说完就怒冲冲地出了门。

不记得过了多长时间，红秀觉得有人进了家门，来人一进来就抱住了她。开始她以为是柄子，可回头一看竟然是村长。红秀的愤怒一下子爆发了：“你——给——我——滚！”

村长说：“滚？你叫谁滚？我是付了钱的。”

“付钱？”

“对，你男人收了我的钱，一下子要二百块，还说给我打了半价！”

很奇怪，好哭的红秀这次没有哭，她像死了一般任由村长摆布。

当天夜里，村里发生了一起命案，柄子死了。据后来法医说，是他晚饭吃的面条里掺入了毒鼠强。第二天一早，红秀就被一辆警车拉走了。

村里有人听到红秀临上车时反复念叨着一句话：“我杀的不是柄子，俺柄子早死在外面了。”

（刘　璟）

（题图：箭　中）

为了丈夫的嘱托

自从丈夫刘军病逝后，秀秀就独自一人搬到山里的蘑菇场来住。这天夜里，秀秀冒雨从山下的小镇赶回来，刚走到家门口，突然被什么东西绊了一下，等她从地上爬起时，这才发现，刚才绊倒她的竟然是一个昏迷不醒的男人，不禁愣了一下。

秀秀费了很大一番劲儿，才把那个人弄进屋里。那人大约二十三四岁，身上全是污泥和血迹，秀秀除了替他换上干净衣服外，还找出碎布帮他包扎住伤口。天快亮的时候，那人终于从昏迷中睁开了双眼，试图从床上坐起来，但被秀秀制止住了。秀秀转身端过一碗热粥，开始一勺接一勺地喂他。那人不知所措地瞪着秀秀。

片刻之后，秀秀冷不丁地开口问道：“强子，你打算什么时候去投案自首？”

那人吓了一跳，说：“你怎么知道我是强子？”

秀秀不慌不忙地说：“城里面到处都张贴了对你的通缉令，而且你长得跟你哥哥很像。”

原来，这个年轻人名叫强子，是秀秀从未谋过面的小叔。秀秀的公公婆婆死得早，留下刘军、强子兄弟俩相依为命。十年前，强子因用弹弓打伤他们班主任的眼睛，被刘军狠揍了一顿，后送医院检查，才发现强子的一条手臂骨折。当时，刘军很后悔自己的一时冲动，觉得下手太重了，可就在他还来不及对强子说一句道歉的话，强子就从医院里偷偷逃走了，而且这一走，从此就再没露过面……

秀秀说：“你知道吗？这十年来，你哥哥一直在苦苦寻找你的下落。即使是在他临终前，他还紧紧地拽住我的手说，他死了没什么大不了的，唯一让他放心不下的就是你。他说，如果有一天你回来了，让我一定要想办法留住你，不然，就是死了他也不会瞑目的。其实，你哥早就听人说，你在外面是干那一行的，这也就是他一直担心你的真正原因。”

说到这儿，秀秀早已泪流满而，强子脸上也充满不安的神情，张着嘴，却不知说什么好。秀秀擦去脸上的泪水，忧心忡忡地说道：“可是，你现在虽然回来了，我又怎么留得住你呢？”

强子说：‘嫂子，我这次回来没有别的目的，只想到我哥的坟前看看他，然后我会尽快离开这里的。”

秀秀说：“我没有赶你的意思，我只不过是想让你去自首，争取从宽处理。”

强子紧张地摇头说：“不，我再也不想坐牢了，就是死，我也要死在外面。”

秀秀站起身说："你暂时不要想那么多，先留下来把伤养好，到时就算你硬要走，我也不会勉强你的。另外，你哥临终前还给你留下了一封遗书，待会儿我就去拿来给你看。"

接下来的日子里，秀秀果然没有提到让强子去投案自首的事，她每天除了按时替强子换药外，还从山下弄来一大堆补品给他服用。在秀秀的精心照顾下，强子的健康状况也在明显好转起来。

这天夜里，秀秀忙完家务活，刚躺上床不久，就被门外一阵犬吠声惊醒。秀秀一惊，连忙披衣下床，她刚走出房间，便见到强子手里拿着一把手枪，正趴在门缝上朝外窥视。秀秀似乎预感到要发生什么了，二话没说，走上前拽住强子的手就走。强子一愣，问她想干什么，秀秀停下说，我不会让他们就这么把你抓走的。秀秀的语气听上去非常坚定，而且是不容置疑的，这令强子多少感到有些意外，同时也让他颇有些感动。

随后，秀秀把强子领到后院的一个角落里，两人用力扒开一块青石板，地面上很快便露出一个黑乎乎的洞口。紧接着，秀秀又找来一捆绳子，迅速系好后，示意强子下到洞里躲藏起来。强子稍微犹豫了一下，结果还是顺从地抓住绳索往洞底下滑下去了。

秀秀刚忙完这边的事，就传来了一阵激烈的敲门声，秀秀稳定了一下情绪，然后上前开门。从门外走进的是本地派出所的几名干警，他们问秀秀是否有强子的消息，还提醒她，如果知情不报，那就等于犯了包庇罪。秀秀则向他们保证，如果强子回来，她一定会举报他的。警察见问不出什么名堂来，坐了一会儿，便起身告辞了。

秀秀见他们走远了，又悄悄地溜回到洞口边来。强子在洞底下一听见秀秀的声音，就知道自己已经脱离危险了。秀秀叹息一声，说："强子，今晚上我也是迫不得已才这么做的。假如刚才我不及时把你弄进洞里，那你肯定会干出更加愚蠢的事来。我不想见到你杀人，也不想看见你被人杀。如果是那样的话，我就再也没机会救你了。”

强子说：“不，嫂子，我不会杀人的，请你相信我。”

秀秀说：“你不会杀人，为什么身上还带着枪？”

强子一下子哑口无言了。

秀秀说：“强子，时间不多了，你赶快拿定主意，是让我陪你主动去投案自首，还是继续顽固不化，在犯罪的路上越滑越远？”

强子说：“嫂子，我听你的，你快放下绳子让我上去吧！”

秀秀说：“不，在你没有真正答应我的条件之前，我是不会放你出来的。我已经想好了，既然你那么害怕坐牢，那我唯一能帮你的，就是把你藏起来。除非有一天你亲口告诉我，你宁愿去坐牢，也不愿呆在这暗无天日的洞底下，那我才有可能让你上来。”

强子突然冷笑道：“你关不住我的，我会想办法逃走的。”

秀秀哽咽着说道：“强子，别犯傻了，就算你真的能从这里逃出去，那你今后的日子，不也是要东藏西躲的，这跟你藏在洞里头有什么区别呢？反正今儿晚上该说的，我已经说完了，剩下的就是你自己的事了。”说完，她头也不回地走了。

从那晚起，秀秀除了一日三餐用一个竹篮子将食物吊入洞里外，其他的事，她就一概不管了。一开始，强子还不把这当一回事，心想，这种日子有吃有喝的，又不用干活，上哪儿找去？可随着时间一天天过去，强子的情绪也渐渐变得狂躁不安起来了。一天下午，他对秀秀说，他实在忍受不了这种地狱般的日子了，如果秀秀再不放他走，那他还不如死了算了，秀秀冷笑道：“像你这种人，就是死在这里，也总比放你出去干伤天害理的事好。”

秀秀原以为强子只是在吓唬她，但没想到当天夜里就从洞里传出一声枪响，秀秀吓了一大跳，慌忙跑到洞口边，一连叫了十几声“强子”，可下面连一点儿动静也没有。

秀秀这下子真的慌了，她从房内找出一长梯，撬开青石板，放下梯子，然后顺梯而下。洞里面很黑，秀秀用手电筒一照，发现强子一动不动地趴在地上，身边还掉着一把手枪。秀秀顿时“哇”地哭出声，扑过去抱住强子的头，边摇晃边说：“强子，你怎么那么傻呀！你死了，我可怎么向你哥哥交代啊——”

话没说完，就听见强子在她怀里“扑哧”一声笑了起来，秀秀又惊又怕，猛然推开他，说：“你竟敢骗我？”

强子嬉皮笑脸地说：“我不骗你，你会下来吗？”

强子从洞里爬上来后，重新换了一套衣服，就转身朝大门外走去，可是他没走多远，又突然调头返回了。此刻，秀秀正坐在房间里暗自抹泪，当听到强子的脚步声走来时，她突然从椅子上站立起来，惊喜地问道：“你，你不走了？”

强子走近她，突然握住她的手说：“嫂子，我已经想好了，我不能丢下你一个人不管，我要带着你一块儿走！”

秀秀呆呆地说：“你能把我带到哪儿去呢？”

强子说：“哪儿都行，外面的世界大得很，谁也休想抓住我们。嫂子，只要你答应跟我走，今后我一定会好好报答你的，我有钱，有很多很多的钱。”

秀秀摇摇头说：“不，我不能跟你走。”

强子急了，说：“这也是我哥临终前的遗愿。”

秀秀一愣，说："你说什么？"

强子低下头说："我哥在信里说，如果有一天我回来了，他最希望看到的，就是我能和嫂子重新组成一个新家庭。他还说，如果我这辈子不好好地待你，那他就是做鬼也不会饶过我的。"

秀秀颤声说："他……真是这么对你说的？"

强子掏出信说："不信，你自己拿去看吧。"

秀秀看完信后，不禁长叹一声，手中的信也随之飘落下来。片刻之后，她缓缓地抬起头说："强子，前几天我曾到过一家律师事务所咨询过你的事。律师告诉我，像你这种情况，如果能主动投案，并能如数交还所劫之款，到时不仅不会丢命，说不定所判的刑期也不会超过十年。十年，只不过是眨眼的工夫。我的意思是，不管今后你会坐多久的牢，我都会耐心地等你出来，而且为了证明我是真心诚意的，今晚上我就把自己给了你。"

说着，秀秀就当着强子的面，开始慢慢地脱掉她身上的衣服。秀秀还很年轻，人很漂亮，身材也很丰满……

强子突然哭了，蓦地跪了下来，抱住秀秀的双腿说："嫂子，从来也没人像你对我这么好，包括我哥哥。我答应你，天一亮我就去自首！"

秀秀紧紧地搂住他的头，同样哭泣着说："强子，我的好强子，秀秀要的就是你这句话。"

第二天中午，秀秀醒来后，发现身边是空的，强子不知什么时候走了，床头边摆着一张纸条，上面写道："秀秀，请原谅我的不辞而别。昨晚我想了很久，最终我还是决定先离开这里。你知道吗？那些钱是我拿命换来的，我可不想这么白白地交给警察。秀秀，你先在家里等我，等我把那边的事安顿好，我就会回来接你。"

秀秀看完纸条，随手抓起身边的一盒火柴，擦亮火，然后面无表情地看着那张纸条在面前化为了片片灰烬……

一周后，山下有人跑来告诉秀秀，那个名叫强子的通缉犯，前天夜里被警察围困在一家小旅馆里，当时警察一再劝他缴械投降，可他就是不听，还开枪拒捕，结果被警察当场击毙。最后，警察从他随身所带的皮箱里搜出一大笔赃款。另外还听人说，警方的这次行动，是有人通过匿名电话提供了一条重要的线索，才得以发现强子的踪迹。

在一个大雪纷飞的日子，秀秀挺着大肚子，踏雪来到丈夫的坟墓前。她含泪告诉丈夫：她虽然没能留住强子，但却留下了他的血脉，她说，等孩子出世后，会好好教他做人。今后，她不求孩子发什么大财，做什么大官，但他必须是一个懂得遵纪守法的人……

（式　森）

（题图：季　平）

换房旅游

十一长假到了，钟兴成和妻子胡苹准备去旅游，他们要参加的是这两年很时兴的“换房旅游”。所谓换房旅游，就是身在两地的朋友分别住到对方家里去，享受假日生活。不过，这次换房游是胡苹通过换房网站找到的信息，他们和换房的网友是完全陌生的。

出发前，胡苹把两人的行李收拾好，整整齐齐地叠放在旅行箱里。钟兴成冷冷地看着妻子收拾东西，心里掠过了一丝鄙夷：这女人还想通过这次旅行来挽回感情呢，太晚了。

这次旅行是胡苹提议的，原因很简单，两人最近出现了感情危机，闹起了离婚，胡苹就说：“出去散散心吧，也许换个环境，心情就不同了。”

钟兴成勉强答应了。这几年，钟兴成的事业一帆风顺，接触的东西多了，眼界开阔了，总盼着生活中多一点新鲜，他觉得，胡苹精心经营的家就像一张网，缠住了自己。

收拾好行李，胡苹又开始打扫房间，钟兴成终于忍无可忍了："都要出门了，还收拾得那么干净干吗？这些天别人来住，回来后还不得重新打扫？"

胡苹说："别人来咱家住，就是客人。打扫干净了，人家住着舒服，也是对客人的尊重。"

钟兴成咕哝了一句："除了打扫，你还会什么？"胡苹白了他一眼，自顾自干活。

胡苹打扫完，又找来几张纸条，写上字，贴在家具上。钟兴成仔细一看，写的都是些注意事项，比如："遥控器有个按键坏了"、"抽油烟机抽不干净请开最大档"……钟兴成不由冷笑：别人来旅游，只不过借个地方睡觉，谁还真把你这里当家呀？

终于出发了，一路上，胡苹好奇地问这问那，钟兴成却自顾自地看书，几乎不搭理她。到了目的地，夫妻俩打开房门一看，对方的房子和自己家差不多大，都是两居室，房子看起来也收拾过，不过还是显得凌乱。茶几上有一道道灰尘没擦干净，房间也只有一间能用，另一间堆满了杂物。胡苹看着房间直皱眉，钟兴成却被墙上挂着的一幅婚纱照吸引了，看来房主是一对小夫妻，妻子长得很漂亮，有一张充满青春活力的脸。

旅行就是从自己住腻了的地方到别人住腻了的地方去，钟兴成这次算是深刻体会到了这句话的含义，换房游没让他感到一丝欢乐。虽然两人说好不闹别扭，但第一天晚上他们就吵了一架，因为胡苹非得把房间收拾好才睡。临走的时候，胡苹又坚持将房子收拾干净再走，还说："我不想让人家怀疑我们一家的素质。”钟兴成已经气得说不出话来了。

回到家，胡苹一放下包就收拾开了，钟兴成往沙发上一躺就不想动弹了。突然，他觉得有什么东西硌着自己，拿出来一看，竟然是一部手机。轻轻一摁，手机是开着的，屏幕上出现一个时尚靓丽的女郎——正是换房游那家的女主人。

这时，胡苹从卧室出来说："我看那两口子有点马大哈，你看看他们有没有落下什么东西，捡到了就还给人家。"钟兴成却下意识地把手机藏在了身后。

钟兴成藏起了那部手机，却不知道该怎么办。他常常拿出手机来看，手机里有不少相片，都以女郎为主角，她摆出各种姿势，或俏皮，或端庄，或性感……看着看着，钟兴成心里突然多了份莫名的期待。

过了两天，钟兴成决定把手机还给人家，他刚要拨号的时候，手机响了，正是那女郎打来的。钟兴成有些不好意思："我正要打电话把手机还给你呢，你就打来了。"

女郎咯咯地笑了，笑声清脆悦耳，她说："这么巧呀，看来咱们是心有灵犀了。"女郎自我介绍说，她叫黄佳颜，喜欢旅游，喜欢交朋友。两个人聊得很投机，最后钟兴成说要把手机快递给她，黄佳颜想了想说："不用那么麻烦了，我已经买了新手机。我打这个电话，只是看看谁拾到了我的手机，也许能交个朋友。认识你是一种缘分，你把那些相片传给我就行了。"钟兴成借机要了她的 QQ 号码。

从此，钟兴成就常和黄佳颜 QQ 聊天，胡苹睡着的时候，钟兴成还关起门来和黄佳颜视频。渐渐地，两个人都有了些异样的感觉。一天，钟兴成向黄佳颜倾诉心中的苦闷，黄佳颜突然哭了："其实我和老公感情也不好，他不喜欢我的生活方式，我们常吵。说出来你别笑，我喜欢你这样的，成熟又不失浪漫——”钟兴成僵住了。

从此，两人的感情迅速升温。钟兴成对胡苹谎称出差，其实是和黄佳颜幽会。和黄佳颜在一起的一星期，就像坐过山车一般刺激，钟兴成感慨：这才是自己想要的生活，和胡苹在一起的这些年简直是白活了！

回到家，钟兴成把买的礼物交给胡苹，却不敢正视她的眼睛。不料胡苹没有接他的东西，只是平静地说：“黄佳颜的老公赵磊来过了，来找他的老婆。”

钟兴成惊得差点跳起来，半天才说道：“咱们离婚吧。”

很快，钟兴成和胡苹离婚了，出于愧疚，他把房子留给了胡苹。不久，黄佳颜也离了婚。钟兴成很高兴，张罗着结婚，黄佳颜却说：“我对婚姻有点恐惧了，现在流行试婚，咱们也先试婚吧。”钟兴成觉得这样也挺刺激，就这样，两人住到了一起。

找了个比自己小好几岁的漂亮女人，钟兴成出门的时候觉得倍儿有面子。一有假期，两个人就结伴旅游，哪怕周末，黄佳颜也要在家里搞聚会。刚开始，钟兴成非常享受这种生活，可是渐渐地，他有些吃不消了，一是他的工作很忙，二是年龄——他比黄佳颜整整大了八岁。

更要命的是，钟兴成觉得自己的生活乱了。他常常找不到领带和袜子，租来的房子里到处扔着衣服，但没几件是干净的。有一次，钟兴成主持一个会议，发现前排的人看自己的目光有点奇怪，后来才发现，自己的衣服上面竟然有一片油渍。

钟兴成想了很久，准备买个房子，他想有个像样的家。黄佳颜一听买房子就拍手欢呼。按钟兴成的想法，量力而行，买个两居室就够了，但黄佳颜坚持要买个大的，最好是复式带大阳台的那种，可以在家里烧烤。

拗不过黄佳颜，钟兴成最后挪用了一笔公款，买了套大房子。房子虽然有了，钟兴成却还是找不到家的感觉，家里仍然乱糟糟的。他有时不想回家，自己一个人在单位宿舍住，但半夜里黄佳颜却喝得醉醺醺的来“查房”了，还大吵大嚷地说：“你这人很会勾引别人的老婆，我对你不放心。”搞得钟兴成很没面子。从此，两人的争吵成了家常便饭。

有一天钟兴成去上班，发现办公室里有两个人在等他，原来是挪用公款的事东窗事发了。钟兴成配合纪委调查了一天，不管最后的处理结果如何，他的仕途是彻底毁了。

下班后，钟兴成走到家门口，却听到里面传来震耳欲聋的音乐声，原来黄佳颜正在开派对。钟兴成转身就走，在街上买了瓶酒边走边喝，天色已晚，他不知道该去哪里。最后，半醉的他鬼使神差地来到一处房门前——这正是他以前的家。钟兴成犹豫了好一阵，终于摁响了门铃。

门开了，厨房里传来熟悉的饭菜香味，那一瞬间，钟兴成觉得自己的鼻子发酸。“来了来了”，一个人出现在门口，钟兴成瞪大了眼睛，这个人，竟然是黄佳颜的前夫赵磊！

看见钟兴成，赵磊也愣了一下，他冷冷地问：“你来干什么？”

钟兴成觉得自己的声音发虚：“我、我回来看看——”

赵磊压低声音说：“两年前，我知道黄佳颜出轨后非常愤怒，我怀里揣着一把刀来找你，你不在家。知道我的来意后，胡苹平静地接待了我，就像我是一个远道而来的客人。她给我做吃的，和我聊天，后来我哭了，她也哭了。我是来找你拼命的，可见到她以后，就再也没了这样的念头。其实从上次换房旅游开始，我就开始关注她了，因为一进这个门，我就感到，这才是我想要的家，我一直都想找一个这样的女人，一个能够把家照顾好、让我放心去做事的女人。这里现在是我的家了，我和胡苹已经结婚了，这两年我的事业蒸蒸日上，我和她的感情也很好。你和黄佳颜的事我也知道，我不介意你们在一起，希望你也不要来打扰我们，你走吧。”

转身离开的时候，钟兴成听见一个熟悉的声音问：“来客人了吗？是谁呀？”

赵磊回答：“没有，只是一个走错门的人。”

那一刹那，钟兴成百感交集：也许自己真的走错门了？但婚姻不像换房旅游，走进别人的家门，还可以回来……

（艾　儿）

（题图：谭海彦）